Matar el nervio

ANNA PAZOS
Matar el nervio

RANDOM HOUSE

Papel certificado por el Forest Stewardship Council®

MIXTO
Papel procedente de
fuentes responsables
FSC® C117695

Primera edición: mayo de 2023

© 2023, Anna Pazos
© 2023, Penguin Random House Grupo Editorial, S. A. U.
Travessera de Gràcia, 47-49. 08021 Barcelona

Printed in Spain – Impreso en España

ISBN: 978-84-397-4174-9
Depósito legal: B-5.710-2023

Compuesto en La Nueva Edimac, S. L.
Impreso en EGEDSA (Sabadell, Barcelona)

RH41749

Para Alea

«Y después, qué?»

Grafiti
en Atenas

1

CÓMO DESAPARECER DEL TODO

La última vez que tuve fiebre fue en la primavera de 2013. Entonces vivía en Tesalónica, en el norte de Grecia, donde pagaba ciento diecisiete euros al mes por una habitación con un mandala en la pared y un colchón doble en el suelo. La fiebre llegó a traición. Llevaba meses alimentándome de empanadillas viscosas de queso, fumando hierba y deslizándome hacia un estado que más tarde identificaría como depresivo. Pasé el trance comiendo plátanos que me había traído una especie de novio comunista local. La fiebre era fría por la mañana y hervía por la noche. Cuando la temperatura subía, el mandala adquiría actividad psicodélica y el colchón dejaba de tener sentido. La sensación me era tan ajena y extrema que pensaba que me estaba muriendo.

Pensar en aquellos meses en Grecia siempre me avergüenza un poco. Me recuerda que fracasé en la empresa elemental de tener veintidós años y vivir subvencionada y despreocupada en un país extranjero. Visto con perspectiva, mi única obligación era generar los recuerdos de goce juvenil que me sostendrían en el gris posterior de la vida. El fracaso fue tan sonoro que tuve que mitigarlo, en los años siguientes, volviendo regularmente a Grecia, con diferentes excusas humanas y profesionales. Las visitas solían empezar con una intención elevada, como filmar un documental o destruir una relación con futuro en nombre del libertinaje. Pero al final siempre aparecía la amenaza existencial del mandala y el colchón. Flotaba como una acusación sobre las calas de Icaria y los vasos de raki de las tabernas cretenses. Me recordaba que las cosas siempre están a un paso de venirse abajo, y que lo único que se puede hacer es intentar correr en la dirección contraria.

Las primeras frases griegas que aprendí fueron *thelo na eimai mazi sou*, «quiero estar contigo»; *to xapi tis epomenis imeres*, «la pastilla del día después»; y *oriste ta resta sas*, «aquí tiene el cambio». Al décimo día de fiebre el novio comunista me llevó en moto al Ippokrateio, el hospital municipal que quedaba más cerca de mi colchón. Quizá fuera por la fiebre, pero lo recuerdo lleno de frailes ortodoxos seguidos de su numerosa progenie, atravesando patios y pasillos entre nubes de moscas. Me veo cruzando una sala atiborrada, después de horas de espera, y entrando en una consulta con tres o cuatro médicos en coreografía: uno fumando en la ventana, otro palpándome la garganta, un tercero bromeando con mis posibilidades en el cine adulto. En Grecia yo tenía nombre de actriz porno; pronto aprendí a sonreír con complicidad cada vez que revelaba mi apellido. Me cobraron cinco euros por la visita y por recetarme un antibiótico que pagué en la farmacia a precio íntegro.

Yiannis Boutaris, entonces alcalde de Tesalónica, solía decir que Grecia era el último país soviético. Al principio la frase tenía voluntad provocadora, pero hacia el final de su mandato era un cliché que endilgaba con pereza a los periodistas extranjeros. Boutaris era un empresario vinícola que entró en política a los sesenta y muchos y emanaba una sensación refrescante de estar siempre de vuelta. Divorciado, exalcohólico, un lagarto tatuado en la mano izquierda. Hablaba de restaurar la memoria de los judíos deportados durante la ocupación nazi y se atrevía a criticar a los sindicatos, el único poder efectivo de la ciudad. Se presentó por libre en 2010 y ganó por solo 419 votos. Se decía que le concedieron la alcaldía los votantes judíos, que no pasaban de mil pero agradecían que un representante público confirmara su existencia.

Lo conocí años después de la fiebre, durante una de las visitas en que intentaba reconquistar la ciudad con una coartada profesional. Era una mañana nevada de enero y le quedaban pocas semanas en la alcaldía. Llegué a la entrevista sin duchar, con la ropa del día anterior, toda nervios y con resaca.

A los veintidós años Boutaris me había parecido legendario e inaccesible. Ahora tenía casi treinta y me encontraba sentada frente a él en un despacho forrado de pegatinas con eslóganes antifascistas, como de dormitorio adolescente. Boutaris llevaba los tirantes rojos sobre camisa blanca de oficinista que había convertido en su insignia estética. Al lado estaba la jefa de prensa, entrenada para intervenir a la primera salida de tono del alcalde. Desencantado, aburrido de entrada con la conversación, Boutaris fumaba un cigarrillo tras otro desafiando la prohibición municipal. Había sido un viernes pesado, interminable. Una tormenta polar había colapsado la red de transporte público, que consistía en un par de líneas de autobús, y el alcalde se había pasado el día respondiendo insultos en Twitter. Dijo lo de la mentalidad soviética solo empezar la entrevista. Al instante irrumpieron como un holograma los médicos de Ippokrateio bailando un ballet ruso, fumando junto a la ventana y augurándome un futuro prometedor en el mundo del porno, mientras los frailes deambulaban por los pasillos y los pacientes atestaban la sala de espera.

Como un guía turístico sacudiéndose la última visita del día, el alcalde siguió con una larga diatriba sobre los 2.500 años de historia de la ciudad. Entre sus visitantes célebres se cuentan el apóstol Pablo, el líder norvietnamita Ho-Chi Minh y un falso mesías judío llamado Sabbetai Zevi, que reunió un grupo de devotos fanáticos en el siglo XVII. La ciudad tenía una historia riquísima, perfectamente explotable como cebo turístico, pero había decidido darle la espalda tal y como le había dado la espalda a su administración. En ocho años de mandato los avances habían sido ínfimos. El proyecto más conspicuo de Boutaris —construir un museo para honrar a los judíos asesinados de Tesalónica— se había disuelto entre discusiones semánticas y ontológicas en el pleno del Ayuntamiento.

¿Era injusto, como defendía la oposición, centrarse en una sola comunidad exterminada cuando tantas otras habían sufrido durante la ocupación? ¿De dónde saldría el dinero para mantener el museo, más allá de las contribuciones de Israel y Alemania? ¿Qué se expone en un museo dedicado a una comunidad inexistente?

Todas estas cuestiones parecían irrelevantes aquella mañana nevada de enero, en que un Boutaris ya en retirada quería creer que el proyecto saldría adelante.

—Al final se llamará Museo del Holocausto y los Derechos Humanos de Tesalónica. El nombre es problemático porque los israelíes no respetan mucho los derechos humanos.

—Mejor no hablamos de esto —intervino ágilmente la jefa de prensa.

Nunca he sido buena entrevistadora; ante una mínima reticencia tiendo a evitar la incomodidad y a confiar en que sabré llenar los agujeros con intuición e ingenio. Siguió un silencio que dio por zanjada la discusión sobre su proyecto estrella. Cuando ya me iba me preguntó por primera vez dónde pensaba publicar la entrevista.

–Da igual. A nadie le importa una mierda nada de lo que hemos hablado –se respondió a sí mismo, y encendió otro cigarrillo.

*   *   *

Casi quinientos años antes de que yo aterrizara por primera vez en Tesalónica, murió en Basilea Erasmo de Róterdam, hijo bastardo de un sacerdote católico, quien a la edad imprecisa de veintitantos se fue a París a estudiar el grado de doctor en Teología. Fue con una bolsita de monedas bajo el brazo, un estipendio cortesía del obispo de Cambrai. La pensión que le pasaba el obispo era «desesperadamente exigua» y solo le permitió alojarse en una residencia sórdida, ascética y desangelada, en la que los dormitorios daban a las letrinas y la disciplina monacal era férrea. Todo eso horrorizó el espíritu refinado y el cuerpo frágil y enfermizo de Erasmo, quien en sus viajes posteriores por Europa se aseguró de dormir en las pensiones más exquisitas y relacionarse solo con las tres o cuatro personalidades ilustradas de cada país. Esto le permitió profesar un amor cosmopolita por todas las naciones pero también lo mantuvo en una ignorancia elemental de los lodazales y las pasiones de cada una. Quizá por esto su gran sueño de unidad paneuropea fracasó antes de levantar el vuelo, y su figura languideció hasta la irrelevancia en el agitado cambio de siglo que le tocó vivir.

Quinientos años después, el programa Erasmus de intercambio académico vincularía el nombre del monje Erasmo con la ebriedad y el diletantismo internacional. Las autoridades europeas dotaron la beca con un estipendio mínimo, similar al que obtuvo Erasmo cuando fue a París. En la práctica esto limitaba la posibilidad de estudiar en el extranjero a aquellos que pudieran garantizarse ingresos adicionales. Era mi caso. Me encontraba en el último estertor de los estudios universitarios y sin mucha idea de qué hacer a continuación. Así que apunté una serie de universidades europeas en un documento encabezado por sellos institucionales de la Unión. Era el año 2012 y en los informativos Grecia era sinónimo de decadencia y caos, pero también sonaba a nervio vivo y a experiencias extremas imposibles de vivir en Barcelona. Me adjudicaron automáticamente la Universidad Aristotélica de Tesalónica, porque ningún otro estudiante la había elegido como primera opción.

Antes de irme aprendí algunas cosas. Tesalónica era la segunda ciudad de Grecia, capital de la provincia nórdica de Macedonia Central. Era también un centro universitario, una zona de tránsito para griegos de todo el país. Dinos, un pintor de Atenas que estudiaba en la facultad de Bellas Artes de Barcelona, la definía como sucia, soñolienta y perezosa; poco más que un error de juventud donde los días se sucedían indiferentes e irrelevantes. Dinos llevaba tatuajes improvisados por él mismo en brazos y piernas, como bocetos hechos sin pensar durante una llamada telefónica, y tenía una nariz de dragón de aletas finas y sensibles. Lo fiché como profesor de griego después de conocerlo en algún concierto gratuito de verano; quedamos que me daría clase todos los jueves en su piso compartido en Gràcia. En la primera lección apuntó el alfabeto, cada letra con su mayúscula y minúscula y su equivalente latino, en una página blanca de libreta que arranqué y me guardé en el bolsillo. Las clases acabaron aquí. Seguí yendo al piso de

Gràcia con cierta regularidad. Follábamos sin besarnos en la boca y después yo me tumbaba lánguidamente en la cama y escuchaba los lamentos de Dinos, que odiaba Barcelona y se sentía desplazado y miserable. Valía la pena tener paciencia porque después me contaba fábulas de lugares con nombres excitantes como Samotracia o Icaria, que sin duda eran los más bellos y especiales del planeta. Era importante, decía Dinos, que no me adormeciera vagando por Tesalónica y mantuviera vivo el espíritu explorador.

Cada vez que mencionaba Tesalónica arrugaba unos milímetros las aletas de la nariz de dragón. Yo atribuía su menosprecio a un cierto esnobismo de capital, quizá incluso envidia del ritmo de vida pausado de las regiones del norte. Presentía que había algo genuino y salvaje en Tesalónica, un latido imposible de encontrar en ninguna gran ciudad europea. Lo intuía principalmente por la sonoridad quebradiza del nombre y por el hecho de que no parecía tener ningún atractivo turístico remarcable. La bibliografía era escasa, y los pocos escritores extranjeros que la habían visitado la mencionaban de paso y sin esconder el desinterés o la decepción. Excepto un breve periodo durante la Primera Guerra Mundial, no había sido escenario de ningún hecho histórico memorable. Debía tener, pues, algo obstinado y difícil de captar.

En el autobús lanzadera, al salir del aeropuerto de Tesalónica, usé por primera vez el conocimiento alfabético de Dinos. Lo había repetido como un mantra durante las semanas precedentes, y ahora me permitió leer la palabra omnipresente en todos los portales: ENOIKIAZETAI. Más tarde aprendí que quería decir «se alquila». La ciudad de alquiler avanzaba a banda y banda del autobús en un gris industrial pigmentado por décadas de grafitis. Llevaba una dirección anotada en un papel y pregunté a unos pasajeros en qué parada tenía que bajar. Se pusieron a debatirlo entre ellos en un volumen creciente hasta olvidar mi presencia. Finalmente llegué a la plaza de Aristóteles, que parecía un lugar lo bastante céntrico, presidido por una estatua de Lenin que en realidad representaba al libertador griego Venizelous. Desde ahí solo faltaba subir hasta Agios Dimitrios, iglesia dedicada al patrón de la ciudad.

El templo era un edificio de ladrillos que habría pasado perfectamente como un anexo de la biblioteca municipal. Sin mirarlo, arrastré la maleta hasta el 96 de la calle Agiou Dimitriou. El portal estaba junto a una tienda de suvenires bizantinos, y como todos los edificios en Grecia, en el interfono no figuraban los números de piso y escalera, sino los apellidos medio borrados de inquilinos antiguos. Hacía un frío hostil y con las manos medio congeladas piqué timbres aleatorios hasta que alguien me abrió la puerta. Me alojaría en el apartamento de tres estudiantes griegas, amigas de un conocido de Barcelona, que habían accedido a dejarme dormir en su sofá mientras buscaba habitación.

En el piso me encontré un ambiente festivo, alborotado, gente sentada por el suelo fumando hierba y rulando una botella de vodka. Por un momento pensé que me habían organizado una bienvenida. Resultó ser la despedida de una amiga de la casa, que se marchaba de Erasmus a Lisboa esa misma noche. Dejé la maleta en un rincón, donde permanecería durante semanas, y me incorporé a la fiesta como si volviera de comprar tabaco. Un chico medio griego medio albanés jovial y afeminado me dio conversación en un inglés elíptico y a medianoche fuimos todos a la estación central, botellas en mano, a despedir a la chica que cogía el tren nocturno hacia Atenas. El albanés y yo nos hicimos fotos bebiendo vodka directamente de la botella mientras dábamos vueltas sobre un carro de equipaje. Los augurios eran buenos; de entrada parecía una buena ciudad donde vivir.

En varios aspectos, nunca me marcharía de Agiou Dimitriou 96. Después de tres semanas durmiendo en el sofá, una de las inquilinas desapareció y desplacé la maleta unos metros hacia su dormitorio. Era la habitación del colchón y el mandala. A modo de bandera, enganché en una pared el papel arrugado con el alfabeto de Dinos. La habitación tenía un pequeño balcón con vistas laterales a la iglesia-biblioteca de Agios Dimitrios, y quedaba justo encima de una farmacia y de la tienda de comestibles cretense donde compraría litros de raki a granel. En los días claros, se distinguía a mano derecha el perfil del monte Olimpo, más allá de las aguas tranquilas y resplandecientes del golfo de Salónica. Era una suite perfecta, que prometía unos meses plenos y decisivos.

*   *   *

Decimos que una ciudad es bonita o espectacular o abominable dependiendo de cómo nos hemos sentido en ella. Paseamos con el corazón roto por las avenidas majestuosas de Viena y nos parecen de una frialdad incompatible con la vida, y nos enamoramos de un suburbio pestilente en el sur de Serbia porque allí hemos experimentado una sensación embriagadora de independencia y poder. Según todos los estándares estéticos Tesalónica es de una fealdad irredimible. Las calles son prácticamente invisibles bajo la basura acumulada y los coches aparcados en triple fila; los monumentos y espacios históricos están tan obscenamente negligidos que cuando te cruzas con uno tienes que apartar la vista y acelerar el paso. No hay demasiado que hacer, más allá de la fiesta y las manifestaciones y el simple existir dejando pasar las horas. Solo una vez al año rompe la monotonía un festival de cine documental.

Aun así, he conocido a personas que han vivido una temporada en Tesalónica y hablan de ella con un brillo casi fanático en los ojos, como si se supieran parte de un secreto intransferible. A veces tratan de concretar qué convierte Tesalónica en un tesoro tan elusivo. No es la gastronomía, que al fin y al cabo tiende al empalago grasiento del gyros y la bougatsa, ni las callejuelas de piedra de Ano Poli ascendiendo por la colina hasta el castillo en ruinas, ni las tabernas tradicionales que coronan algunos callejones y que ofrecen rebético en vivo y raki caliente con miel, ni el paseo marítimo, arrullado por un extremo olvidado del Mediterráneo.

La mayoría de las veces el brillo en la mirada evoca simplemente la sensación de sentirse joven y ocioso, porque Tesalónica es tanto una ciudad para los viejos y los rendidos como para los que sienten que tienen tiempo de sobra por delante, y derecho a malgastarlo.

Durante un tiempo fui una de estas personas que evocan Tesalónica con mirada fanática. Defendía y elogiaba Tesalónica como si fuera una arcadia perdida. En mi caso el engaño era particularmente perverso porque en el fondo sabía que allí había sido infeliz, con una infelicidad contundente y desarraigada que no había conocido hasta entonces. Pero la voluntad de ser el tipo de persona que disfruta y venera Tesalónica era más poderosa que el recuerdo del fracaso. Los motivos del desastre eran concretos y vergonzosos y había que taparlos con un conocimiento objetivo de la historia y circunstancias de la ciudad. Protegerme con un escudo bibliográfico para afrontar la derrota, como tratamos de hacer tantas veces en la vida, siempre sin éxito.

* * *

La primera y principal guía fue Dafni. Dafni era mi compañera de piso en Agiou Dimitriou 96 y venía de un pueblo de tres casas de la Macedonia central. Emanaba un magnetismo feroz y llevaba su sobrepeso con un aire definitivo que te hacía sentir insuficiente y poco original en comparación. Nunca tenía un duro, pero siempre disponía de lo necesario para mantener una existencia de mínimos. Su padre, un expolicía en el paro, le enviaba paquetes de pasta con el logo de la Unión Europea. Rara vez los cocinaba. Dafni parecía encontrarse en paz con el hecho de que había venido al mundo a tumbarse en la cama, fumar hierba y comer empanadillas viscosas de queso. Teníamos la misma edad, pero ella había mantenido el mismo novio desde los catorce años, y esto le daba un aura de sabiduría práctica.

El novio estudiaba en Corfú, y cuando venía de visita el resto nos trasladábamos al dormitorio de Gina, la tercera compañera de piso, donde no se oían tan nítidamente los gritos orgásmicos de la pareja. A Dafni no le importaba nada que sus amistades conocieran al detalle las variaciones de sus orgasmos. Toda ella era un núcleo de certeza. El mundo se amoldaba como plastilina a sus opiniones.

—Las delgadas os pasáis la vida esclavizadas por el miedo a dejar de estar delgadas —me dijo una vez, tumbada en su cama sosteniendo un porro de dos palmos entre el índice y el medio, en la mezcla de inglés rudimentario y gesticulaciones con que nos comunicábamos.

Quería gustar a Dafni y acataba sus normas. Ella me enseñó a navegar por la ciudad. Para cruzar la calle tenías que aventurarte con paso firme por donde más te conviniera, y si venía un coche lo encarabas y soltabas una serie determinada de insultos. Llegar solo media hora tarde a un encuentro era «británico». El frappé, un brebaje infame hecho con nescafé batido, se tomaba *metrio me gala*, con azúcar y leche. Debían evitarse los alrededores de Rotonda, un templo cilíndrico construido por el emperador romano Galerio en el año 305 a.C., porque ahí es donde iba la escoria a vender heroína. La escoria estaba volviendo para licuar el cerebro y el espíritu de la juventud, y cuando los anarquistas hacían batidas había que apoyarlos mirando hacia otro lado. Los anarquistas formaban una trama compleja de alianzas y subgrupos, generalmente enfrentados entre sí, como facciones antirromanas en Judea. Buena gente, pero era mejor no mezclarse demasiado con ellos.

A la Universidad Aristotélica solo se iba a comer o de rave. El comedor era gratuito y abierto a todo el mundo. Los fines de semana, las facultades alojaban conciertos punk o raves de veinticuatro horas. Las mejores fiestas, las que a menudo se alargaban hasta empalmar con la noche siguiente, eran las de la facultad politécnica.

La gratuidad de la cantina era motivo de orgullo entre los estudiantes y cualquier amenaza de ponerle precios acababa en revueltas y piquetes. De vez en cuando los piquetes coincidían con las huelgas del personal de la limpieza, que a menudo reivindicaban sus derechos laborales. Por todo el campus había montañas de basura de la altura de un humano estándar, de las que sobresalían vasos de plástico de frappé y latas de Alpha que los estudiantes lanzaban despreocupadamente al montón.

Los exámenes se aprobaban abonando la cuota del sindicato de estudiantes correspondiente. Pagar cuotas y extras varios era la mejor manera de asegurarse un trato justo en la sociedad. Si alguna vez tenía que operarme en un hospital público, o examinarme del carnet de conducir, debería llevar un sobre con una cantidad estipulada para asegurarme resultados positivos.

Dafni también se encargaba de pagar los gastos del piso, trámite que implicaba hacer largas colas en las oficinas correspondientes para saldar las facturas en efectivo. Cada mes depositábamos los billetes en un cajón de la nevera y ella los recogía para hacer la ronda de pagos. Si una semana no teníamos luz o internet se sobrentendía que los había destinado a sus gastos personales.

El piso era como la ciudad misma, un caos que subsistía inexplicablemente en una inercia precaria. Era este caos lo que el alcalde Boutaris quería eliminar. Argumentaba que merecería la pena sacrificar unos gramos de libertad anárquica a cambio de calles limpias y fluidas, un transporte público puntual, una burocracia eficiente y una memoria histórica que siguiera el ejemplo berlinés. A Dafni, estas aspiraciones europeizantes le parecían poco menos que nazismo encubierto. Opinar como ella era atrevido, subversivo, desafiaba el sentido común y el decoro hacia los que yo gravitaba por naturaleza. Dafni tenía un talante indómito de Far West mediterráneo que hacía que mi existencia en Barcelona pareciera flácida e ingenua.

De repente lo veía claro: nos habíamos acostumbrado a rebozarnos de normas, horarios y limitaciones para evadir la cuestión de si seríamos capaces de sobrevivir en la intemperie, entre la suciedad y la laxitud, sin la protección paternal de las instituciones.

El problema con la suciedad y la laxitud es que son difíciles de mantener a raya. Encuentran siempre la manera de colarse por las rendijas. Durante un tiempo el balcón de mi dormitorio fue un buen refugio. Me sentaba con un frappé y un cigarrillo y mientras mi vista saltaba de la iglesia-biblioteca a la promesa lejana del Olimpo podía imaginar un relato coherente de aquel lugar y de la vida que llevaba allí. El relato siempre se desmoronaba rápido. El desorden del piso lo determinaba todo. La cocina estaba enterrada bajo una montaña de utensilios y platos sucios en diferentes estadios de putrefacción. El baño parecía trasplantado de una discoteca portuaria a última hora de la madrugada. De la salita, siempre llena de amigos y conocidos, emanaba una permanente nube de marihuana que flotaba sobre una conversación circular. Uno de los habituales era Pavlos, el estudiante comunista que me traería plátanos durante la fiebre primaveral.

Si pasaba por la salita para ir al baño y me unía un momento al grupo podía dar el día por perdido. Apenas entendía lo que decían, pero la cadencia soporífera de la conversación era contagiosa. La luz natural no llegaba, y bajo la luz eléctrica de una bombilla desnuda las horas se sucedían sin distinción entre madrugada, tarde o mañana. Si no fuera por las latas de Alpha, los vasos de plástico con restos de café y los envoltorios de los gyros para llevar, habría pasado por un fumadero de opio decimonónico.

Lo más difícil de vivir al ritmo de Dafni era atravesar las horas sin esperar nada en concreto. La estructura estaba ahí, en las transferencias bancarias administrativas y en el horizonte de un regreso a casa. Pero por primera vez la estructura se había vuelto invisible. Técnicamente estaba allí por un intercambio universitario, pero cualquier pretensión académica se desvaneció pronto. Siempre me encontraba cerradas las oficinas de la Universidad Aristotélica, ya fuera por alguna huelga los funcionarios, o porque era incapaz de levantarme lo bastante temprano para llegar antes de la una.

Pasaron semanas hasta que averigüé que la facultad de Comunicación se encontraba fuera del campus, en Egnatia, la avenida principal bautizada por los romanos. La puerta de entrada estaba encajonada entre dos tiendas de moda barata y solo se identificaba como parte de la universidad por una placa transparente. Se accedía a las aulas por un pasillo con galerías comerciales a ambos lados, subiendo por un ascensor ennegrecido por décadas de humo, y pasando por un módulo lóbrego donde una secretaria mojaba un *koulouri* en el café.

Me había citado a su despacho el profesor Dimitris L., que impartía la clase de Historia Moderna de los Balcanes. En la mesa del despacho tenía una tacita de café griego y un cenicero medio enterrado bajo una pirámide de colillas.

—Solo os habéis matriculado tú y una estudiante vasca, así que no habrá clase y me entregaréis un ensayo a final de curso.

Dimitris L. llevaba la camisa arremangada y un cigarrillo crónico en la mano izquierda. Tenía el aire próspero y satisfecho de un promotor inmobiliario en el momento álgido de la burbuja. Me invitó a fumar y charlamos de posibles perspectivas para mi ensayo. Como yo ya debía saber, Tesalónica era un asentamiento milenario, que había formado parte del Imperio otomano durante siglos y solo llevaba cien años anexionado al Estado griego. Por el camino se habían producido trifulcas varias que involucraban a los pueblos vecinos. Intercambios traumáticos de población con los turcos de Anatolia. El estacionamiento de tropas internacionales durante la Gran Guerra. El auge y caída de la comunidad judía, que hablaba español medieval y llegó a ser una de las más prósperas de Europa.

—Como sabrás, el incendio de 1917 arrasó gran parte del barrio judío con todas sus sinagogas. De alguna manera les allanó el camino a los nazis.

Era agradable elevarse por encima del fumadero de opio y mirar atrás, hacia el descampado de la historia, de la mano desenfadada de Dimitris L. Acabó su lección en poco más de quince minutos. Nos despedimos con un apretón de manos, Dimitris L. ya vislumbrando los meses de libertad y yo agradecida por el ápice de responsabilidad que me había encomendado. La vida desordenada me empezaba a generar una intranquilidad muy poco mediterránea. De camino a la salida pasé por la recepción, donde me confirmaron que no tendría que asistir a ninguna otra clase hasta la evaluación del último día y me enviaron de vuelta a la salita, a la nube de marihuana y al mandala.

*   *   *

Iosif Baena era farmacéutico y coleccionaba lápidas hebreas. Tenía unas cuantas amontonadas en la trastienda de la farmacia de Agiou Dimitriou. También tenía algunas bajo la pila del lavabo y junto al váter. Las tumbas eran del siglo xv —siglo arriba, siglo abajo— pero las inscripciones hebreas se reconocían nítidamente. Cuando me las enseñó, habían pasado cinco años desde aquella primera conversación con Dimitris L. Las raves aristotélicas quedaban lejos, se mezclaban confusamente en la memoria con los frappés con Dafni y las tardes eternas en la salita-fumadero de opio. Iosif Baena me había citado en una terraza frente a su farmacia, apenas protegida de una tormenta de nieve por un toldo minúsculo.

Baena era de hablar rápido e impaciente. En un país normal, decía, no le correspondería a un farmacéutico hablar con periodistas y administrar justicia histórica. Pero Grecia no era un país normal. Grecia, decía Baena, era un país donde los escombros de un genocidio se habían utilizado como ladrillos para erigir el futuro, y donde el futuro se parecía un poco demasiado al pasado.

—Grecia es un museo de ideologías. Nuestros comunistas son estalinistas. Nuestros socialistas son Felipe González. Nuestros neonazis son verdaderos nazis.

Había solo una persona a quien Baena reverenciaba, a quien equiparaba con el mismo Mesías: el alcalde Boutaris. Cuando el año 2014 ganó las elecciones a la alcaldía por segunda vez, entró también en el Ayuntamiento un representante de Amanecer Dorado. Amanecer Dorado era el partido neonazi que la justicia acabaría desmantelando en tanto que organización criminal. Pero entonces parecía encontrarse en un auge imparable. El día de la toma de posesión, el farmacéutico Baena imprimió decenas de estrellas de David amarillas con la palabra *Jude* en el medio, e intentó convencer a los regidores de que se la pegaran a la solapa en señal de protesta. Los resultados fueron irregulares. Según su versión, los cristianos y los conservadores se negaron, alegando que preferían no ser fotografiados con símbolos judíos. La izquierda en bloque rehusó «por Gaza». Solo algunos regidores se prestaron, entre ellos el alcalde Boutaris, que ofreció ponerse también una kipá.

Baena tenía un interés personal en que la ciudad hablara de los judíos. Ahora quedaban un millar como mucho, pero durante siglos habían sido mayoría. Salonika había acogido a gran parte de los sefardíes expulsados de España en 1492, cuando la ciudad era poco más que un puerto tranquilo en la periferia del Imperio otomano. La idea de un estado griego quedaba aún lejos. Mientras la ciudad crecía al paso de los siglos, en las calles de Salonika se hablaba tanto turco como judeoespañol; sonaba el canto del muecín y se respetaba el sabbat. Cuando los revolucionarios griegos entraron en 1912 con la intención de anexionarla al nuevo estado, les horrorizó por su aroma oriental.

Un oficial se lo expresó en una carta a su mujer: «Preferiría mil veces vivir bajo una lona en la montaña que en esta ciudad estridente con todas las tribus de Israel. No tiene nada de griego, nada de europeo».

La ocupación nazi resolvió el problema multiétnico de Salonika, ahora rebautizada Thessaloniki. Los alemanes hicieron desfilar a la población judía y la amontonaron en un tren rumbo a Birkenau. Entre los amontonados estaban los abuelos del farmacéutico Baena. Después, con un par de pinceladas sumarias, resolvieron los asuntos urbanísticos pendientes. El cementerio judío, uno de los más grandes de Europa, fue destruido en una noche, y pasó a ser una cantera abierta al público. Vecinos y autoridades alemanas y locales utilizaron las lápidas centenarias para pavimentar calles, reparar casas y hacerse piscinas privadas. También se utilizaron para reconstruir la iglesia de Agios Dimitrios, que había quedado medio derruida en un incendio.

Cuando el cementerio quedó arrasado del todo, se alzó lo que sería el orgullo y razón de ser de la ciudad en las décadas posteriores: el campus de la Universidad Aristotélica.

Baena había adquirido el hábito de desenterrar las lápidas que aún encontraba por la calle. Esperaba que alguna institución se interesaría algún día en coleccionarlas, quizá para repararlas y exhibirlas al público. Hasta aquel momento el interés no había aparecido. No había motivos para creer que aparecería en un futuro próximo. Al fin y al cabo, la propiedad expropiada de los deportados seguía en manos de los descendientes de los beneficiarios.

—La culpa no se transmite de generación en generación, pero los apartamentos sí que pasan de generación en generación.

Era lo bastante lúcido para anticipar el futuro que le esperaba a la comunidad: ir disminuyendo discretamente hasta desaparecer por completo. No disimulaba el escepticismo hacia mis planes de escribir sobre todo eso. Yo tampoco podía explicarme por qué me encontraba, aquel enero particular, en la trastienda de un farmacéutico sulfurado y obsesivo, obnubilado por una tarea quijotesca sin futuro. Pero era agradable escucharlo y sentirse centrada, testigo de los giros olvidados de la historia.

En la trastienda de Baena ya no era la persona que durante seis meses se había alimentado de empanadillas de queso, trozos de pizza y pastelitos de espinacas de la panadería 24 h que quedaba unos portales más allá. Tampoco era la que había utilizado por primera vez un griego vacilante en esa misma farmacia para comprar una pastilla del día después.

En la trastienda de Baena yo era alguien que trataba de reconciliarme con un episodio personal extraño analizando episodios históricos desmedidamente extraños, y el modo en que a otras personas se les iba la vida tratando de ordenarlos para que tuvieran sentido.

Baena tenía razón y nunca publicaría el reportaje, que al fin y al cabo lidiaba con lápidas desenterradas y el fracaso de un alcalde liberal y no con el dolor del rechazo y la turbación del sexo, que era lo que realmente había alimentado y mantenido viva mi fiebre griega.

*   *   *

El primer choque importante fue el de la depilación. Las griegas se depilaban el coño completo, hasta el último pliegue, con cera caliente. Cualquier alternativa se consideraba bárbarica. Una vez al mes venía a Agiou Dimitriou 96 una depiladora albanesa con un cazo para fundir cera y hacía la ronda por las habitaciones. Nunca fui capaz de llegar hasta el final del ritual. Esto causaba estupefacción en la albanesa, que alzaba incrédula las cejas pintadas en mitad de la frente e intentaba proseguir igualmente. Tenía que cerrar las piernas y gesticular con agresividad para alejar la espátula cubierta de cera hirviendo.

La albanesa sabía que incluso los griegos más impedidos y necesitados sentirían repulsión ante un solo pelo púbico. Me lo confirmó Alexis, el compañero de piso fantasma de Agiou Dimitriou 96, que a sus veintitantos años nunca había visto un pubis al natural. Alexis era el novio de Gina y en teoría no vivía con nosotros, hecho que confirmaba no contribuyendo al alquiler, pero estaba siempre allí y solo salía a la calle para comprar trozos de pizza en la panadería 24h. Era un dinamizador habitual de las tertulias de la salita-fumadero de opio. Tenía la teoría que si me sentaba con ellos las suficientes horas seguidas, y fumaba hierba a su ritmo, adquiriría un conocimiento fluido del griego por obra de la sustancia psicoactiva. La única ocupación visible de Alexis aparte de jugar a los videojuegos era maquinar estrategias para evitar el servicio militar, que era obligatorio para todos los varones sin ocupaciones académicas. Me caía muy bien, quizá porque podía tratarlo sin esforzarme por parecerle interesante, como me pasaba con Dafni.

Gina trabajaba dos turnos consecutivos mientras se sacaba la carrera, primero en una taberna del centro, más tarde en un bar de copas, pero esto no le impedía abrirse paso cada mañana entre el montón de platos putrefactos para prepararle el desayuno a Alexis. También lavaba, tendía y planchaba su ropa. Esta rutina se producía de forma natural y sin aparentes tensiones. Era un tema de conversación habitual en la salita-fumadero de opio. Me explicaron que no era extraño que el hombre griego buscara en la pareja la sustituta perfecta de la madre, y que las madres griegas velaban por los hijos con celo tribal. Circulaban anécdotas sobre tuppers a rebosar de moussaka enviadas de punta a punta del país, escondidos en los bajos de autocares.

Más allá de mis críticas superficiales, este barniz tradicional me intimidaba. Hacía que me preguntara si sería capaz de cuidar a alguien cuando llegara el momento decisivo. La vida emancipada me había enseñado que atender asuntos domésticos, más aún las necesidades de un hombre, era arcaico y humillante. Ahora empezaba a sospechar de las desventajas de esta educación. No sabía cocinar moussaka ni nada parecido, era despistada y egocéntrica, y mi pubis distaba mucho de la pulcritud capilar requerida.

Pavlos se mantenía en un plan similar de adolescencia alargada. Nuestra historia empezó pocas semanas después de mi llegada. Una noche simplemente se dejó caer desde la salita a mi colchón, tal como había hecho yo el día que me instalé. Así empezó un periodo de sexo más o menos frenético. Nos buscábamos a todas horas, en los pasillos y en los autobuses y delante de todo el mundo en el sofá de la salita. Comentaba los progresos con Dafni, que había intercedido sutilmente en favor de Pavlos y aprobaba su actitud en el dormitorio como una madame satisfecha. Pese a ser más bien esmirriado y tener un rostro tirando a cómico, de orejas y nariz abundantes, y un carácter perezoso y ralentizado por el consumo de marihuana, en la cama era firme y dominante. Este rasgo lo volvería a encontrar en amantes griegos del futuro, y siempre me sorprendería reconocer la misma firmeza y la misma urgencia, como si el comportamiento sexual viniera determinado por la nacionalidad.

El abuelo de Pavlos había sido un partisano de los que lucharon contra los nazis y acabaron en campos de concentración en las islas. El nieto militaba en una organización estudiantil y se unía a los piquetes cada vez que la universidad amenazaba con poner precios en la cantina. Por convencimiento, no pagaba el autobús, el único transporte público disponible en la ciudad.

Durante el corto periodo que duró la atracción sexual pude fingir interés por su actividad política. La calidad del sexo ayudaba mucho. Cuando Dafni me propuso ir una semana a Corfú con ella, a visitar al novio, sentí un calorcito interior anticipando que lo echaría de menos.

En Corfú en marzo hacía un frío riguroso. Después de un intento agónico de visitar la ciudadela nos recluimos en el piso del novio, donde retomamos la dieta habitual de hierba y empanadillas de queso y vídeos de youtube. Una noche volvimos tarde y borrachos y nos pusimos a dormir los tres en la misma cama. Dafni y el novio empezaron a magrearse e intentaron incluirme. Hice la croqueta hasta la pared, fingiendo que dormía.

Al día siguiente nadie comentó nada. La resaca fue intensa, miserable, y la aguanté como pude, enviándole mensajes a Pavlos mientras me cortaba el flequillo a mano alzada.

Poco después de Corfú Dafni dejó de hablarme y empezó la guerra fría en el piso de los mandalas. La frialdad se introdujo poco a poco, primero en los silencios de Dafni, que eran inescrutables pero claramente cargados de menosprecio, después en la retirada sucesiva de todos sus amigos.

En cuestión de semanas el ambiente del piso se volvió glacial. El hielo se extendió por la ciudad al mismo tiempo que florecía la primavera. Empecé a leer el rechazo en caras aleatorias, de los camareros, de los peatones; de repente parecía que todo el mundo viera en mí una tara repugnante. La duda y la paranoia conducen a la parálisis, y me acostumbré a moverme arrimada a la pared, como si arrastrara una pierna gangrenada.

La gangrena se propagaba como lo había hecho la fiebre, veloz e inesperada e inmune a los antibióticos que me recetaron en el Ippokrateio. Sin embargo la fiebre se desvaneció cuando el amigo medio albanés de Dafni, el mismo con quien había compartido una botella de vodka la noche que llegué a Grecia, me hizo beber una infusión roja, caliente y espesa que le había traído la abuela de unas montañas fronterizas. Fue nuestra última interacción antes de que cerrara filas con Dafni y desapareciera.

Dafni me enseñó que las personas a veces se alejan de forma brusca y definitiva y sin explicaciones, que donde pensabas que había una amistad de repente hay un cráter humeante, como de dibujos animados; y que si te paras a mirar el cráter en vez de tirar adelante se convierte en un abismo oscuro que te sorbe las ganas de vivir.

Solo seguía presente Pavlos. No parecía enterarse de mi nuevo estado paria y gangrenado. Empecé a cogerle manía, su adoración me causaba una irritación arbitraria y cruel.

Necesitaba alternativas y encontré a Iliana, una griega bajita y pelirroja que siempre iba acompañada de un perro Milú. Iliana era de Tesalónica y aspiraba a marcharse de la ciudad en cuanto se lo permitieran la economía y los estudios. Mientras tanto buscaba otras maneras de huir. Una era rodearse de extranjeros, que en la ciudad se hallaban en flujo permanente. Solía encontrarme a Iliana, con las dos rastas atadas a la nuca y la mirada bizca e inteligente, en el dormitorio-salita que una estudiante madrileña había alquilado frente al paseo marítimo. Ese dormitorio-salita se había convertido en un punto de encuentro de aquellos estudiantes internacionales a los que les turbaba la socialización promovida por la maquinaria del Erasmus; estudiantes que preferían verse como *viajeros* o *aventureros* o en cualquier caso personas respetuosas con la cultura local.

Iliana era mi preferida porque reconocía su astucia y su sagacidad, aunque trataba de atenuarlas para dejarse abrazar por el grupo. Siempre estaba a la sombra de la estudiante madrileña, que tenía un carisma superficial y estético, y asentía y secundaba todos los lugares comunes que desplegaba la estudiante madrileña. Pero Iliana siempre daba la sensación de estar un poco de vuelta, de haber vivido innumerables veces la misma ronda de estudiantes extranjeros de estética alternativa y de estar esperando el momento para dar un paso hacia el mundo.

La imagen que prevalece de Iliana es la de una madrugada en que nos encontramos ambas con el perro Milú recorriendo la facultad politécnica de la Universidad Aristotélica, buscando la manera de abrir una botella de pinot gris. Al final, rendidas, reventamos el cuello contra unas escaleras. Nos bebimos el vino sentadas en el suelo, el perro dócil en su regazo, sin saber que estábamos entre los restos de un cementerio arrasado.

* * *

Fue Iliana quien me condujo hasta Perikles. Yo acababa de entrevistar al farmacéutico coleccionista de lápidas. Hacía tiempo que Iliana no vivía en Tesalónica y solo pasaba allí la Navidad; el resto del año trabajaba de instructora de submarinismo en una isla de las Cícladas. Era la primera semana del año y en las calles de Tesalónica había montañas de nieve. Ahora pienso que las montañas debían de cubrir coches aparcados, o que quizá son un añadido dramático de mi imaginación. En cualquier caso, la tormenta polar nos recluyó en el piso de un conocido lejano de Iliana. En el piso corría la droga, sonaba un tecno siniestro y se replicaba la energía depresiva de la salita de Agiou Dimitriou 96. Pero ahora me sentía capaz de convivir con esa energía sin que me arrastrara a su vórtice.

Tenía a mi lado un chico andrógino, rapado y con los antebrazos tatuados. Estaba hundido en una butaca, interactuando solo con una carátula de CD donde alternaba rayas de M y de speed. Intentó entablar una conversación preguntándome la edad y diciéndome la suya: veinte años recién cumplidos. Tenía un trueno de voz incongruente con la cara, que conservaba un aire infantil curioso y travieso. Su juventud y la incongruencia cara-voz me intrigaron. Pronto olvidé la presencia del resto.

Perikles había probado la heroína dos veces. La segunda lo llevó a un centro de desintoxicación. Lo había ingresado su ex después de encontrárselo tirado en un portal. Había salido hacía apenas dos semanas. La estancia en el centro lo había salvado, pero era una salvación precaria y temporal. Le pregunté si pensaba volver a consumir y respondió con naturalidad que sí, que no creía poder vivir sin volver a probar aquel elixir mágico, aquella superación de todos los males terrenales. Me pareció que hablaba de estos asuntos con una gran serenidad, con esa sabiduría natural que brota de algunas personas independientemente de su circunstancia.

Era el tipo raro de persona dispuesta a considerar cualquier cuestión sin cálculos previos. Hablamos de preferencias sexuales —era bisexual, lo que le otorgaba cierta ventaja competitiva—, porno, mal de amores, experiencias previas con las drogas y su primer contacto con el nuevo feminismo occidental. Hacía unos meses se había llevado a casa a una francesa de mi edad. Una vez en la cama, ella le había dicho que no quería seguir. Más tarde él la había tanteado de nuevo y habían acabado follando. Al cabo de unos meses, la francesa le había enviado un mail largo y pedagógico explicando que eso había sido una violación. Perikles me enseñó el mensaje y me pidió mi opinión, con sincera curiosidad.

Más tarde pude imaginar la turbación de la francesa frente el sexo brusco, sin atenuantes, del joven andrógino. Podía reproducir palabra por palabra las conversaciones de la francesa con sus amigas en los ordenados cafés de París, las horas invertidas en redactar un mensaje claro y contundente. El orgullo herido de haber cedido al hambre adolescente de aquel griego encantador. Era una colisión entre universos, el lenguaje nítido sobre consentimiento de ese mail francés aterrizando en los dominios salvajes de Perikles.

Por la mañana me puso su canción favorita de Radiohead, «How to disappear completely». Escuchamos desnudos en el sofá la voz de Thom Yorke repitiendo lánguidamente dos versos de la canción:

> *No estoy aquí*
> *esto no está pasando.*

Tenía cita en el Ayuntamiento para entrevistar al alcalde Boutaris. No llegué a ducharme. Cuando nos despedíamos en su portal, Perikles me dio su número y me dijo por primera vez su nombre.

—Yo no te diré nada, pero llámame si quieres que nos veamos.

Más tarde Iliana me confesó que había asistido horrorizada a nuestra conversación, pensando que en cualquier momento me levantaría y le cruzaría la cara o como mínimo me alejaría de él. En cambio me había ido con él de la mano hacia la madrugada helada. No volví a ver Perikles, pero durante un tiempo seguí su evolución en Instagram. Se hizo piercings en las mejillas y fue a Berlín, no quedaba claro si de rave o a fingir que formaba parte de un intercambio académico. Sus publicaciones eran cada vez más crípticas, en cada imagen el rostro de bebé se veía más delgado, oscuro y cadavérico.

Acaricié la idea de iniciar una correspondencia con él y convertirme en la fuerza que lo salvaría de la droga y la desidia y la licuación cerebral. Pero antes de poder dar el paso él eliminó la cuenta, y desapareció del todo y para siempre en la alcantarilla digital.

* * *

Samotracia no tiene playas memorables pero sí decenas de riachuelos que caen por la roca frondosa que es la isla. Los riachuelos se detienen de vez en cuando y forman piscinas en los laterales de la montaña, pozas naturales con vistas al mar de Tracia y libélulas psicodélicas flotando en la superficie. La isla está en el extremo más septentrional del mar Egeo, accesible solo en ferry desde Alexandrópolis, la última ciudad griega antes de la frontera turca. Llegar a Alexandrópolis, por otra parte, requiere un trayecto de ocho horas en tren desde Tesalónica. Esto suele disuadir al turista de tipo más pragmático y recreativo. La isla tuvo un periodo de esplendor en la época prehelénica, cuando peregrinaban allí multitudes atraídas por el santuario de los Grandes Dioses. Después cayó en el olvido y mantuvo un perfil bajo durante el boom turístico que catapultó la imagen de Grecia como destino de sol, playa y relax general.

En el verano de 2013, veranean en Samotracia griegos mochileros a quienes no les importa dormir en el bosque y pasar tres semanas descalzos. El pasatiempo principal es remontar los riachuelos, detenerse a refrescarse en las pozas, y ver hasta dónde se puede llegar sin despeñarse. A partir de cierta altura empiezan a aparecer las fotografías conmemorativas de jóvenes que han caído por el camino –la mayoría de veintipocos, sonrientes y bronceados– acompañadas de advertencias siniestras.

Icaria surgió del lugar exacto donde cayó Ícaro en su calamitoso ascenso hacia el sol. En el cuadro de Brueghel el Viejo la isla aún no existe; es tan solo un punto indeterminado entre dos masas de tierra, de donde sobresalen las piernecitas de un Ícaro agonizante, ignoradas por el pastor y el labrador que aparecen en un primer plano. Tenía fama de ser la isla de los punks y los viejos. Su notoria esperanza de vida se atribuía a la laxitud respecto a cualquier tipo de horario o imposición laboral. En Icaria podías entrar en un *kafeneio*, esperar media hora hasta que apareciera alguien, entender finalmente que el propietario era uno de los viejos que jugaba a tabli en la mesa de fuera, pedirle un *ellinikó* –el café hervido sin filtrar– y que te señalara la dirección de la cocina para que te lo hicieras tú misma, invitando la casa.

Montañosa, escarpada y apartada de la planicie turística de las Cícladas, Icaria genera el tipo de habitante arisco que durante la temporada baja se encierra en una sala iluminada por la radiación azulada de un televisor destartalado, de espaldas al mar y al mundo. Las fiestas populares tienen lugar en la cima de la montaña, en pueblos que durante nueve meses del año parecen abandonados. Una tormenta de otoño puede dejar la isla sin internet durante días.

De Paros solo conservo el recuerdo de sentarme a una mesa en el puerto, copiando letras de canciones griegas en un intento desesperado de combatir el aburrimiento y el desasosiego de viajar con Pavlos. Hace meses que no tenemos nada que decirnos, pero por algún motivo se mantiene fiel y dispuesto a acompañarme durante mi último mes en Grecia.

Dormimos en las playas, a pelo y sin tienda, y nos alimentamos de *gyros* y patatas fritas. En Samotracia hacemos el amor en la poza más elevada que encontramos, aunque el sexo es ahora mecánico e insulso. En Icaria alquilamos una moto aunque ninguno de los dos tiene carnet. En todas partes hago fotos con una Kodak desechable, consciente de que cuando las revele reflejarán un paisaje claro y luminoso, diametralmente opuesto a mi estado de ánimo. Me parece bien; al fin y al cabo el recuerdo durará toda la vida, y mi paso más bien desconsolado por Samotracia, Icaria y Paros es efímero y sujeto a ser editado y revisado en el futuro.

He intentado alinearlos, estado de ánimo y paisaje, que es tan sublime como me lo había descrito Dinos meses atrás, pero la gangrena está demasiado extendida y la compañía es equivocada y ya no sé cómo salvar la distancia entre lo que vivo y lo que querría vivir.

Pavlos me acompaña desde Icaria hasta Tesalónica —un ferry de ocho horas seguido de un tren nocturno de diez horas—, donde cogeré el vuelo de regreso a casa. En el aeropuerto lloro un poco, pero él, inesperadamente, en esos últimos instantes crece en estatura y se convierte en un hombre sabio y protector. Me sujeta con fuerza y me dice: sé que seguramente no nos volveremos a ver nunca más pero ha sido un placer haberte conocido, espero que consigas ser feliz.

Tardaría media década en volver a las islas griegas. Lo demuestran unos vídeos bellos y tristes de la isla de Milos. Un trigal se agita a cámara lenta mientras el anochecer rojo se difumina al fondo. Un hombre de veintilargos mira fijamente a la cámara, posando serio para lo que piensa que es una foto, de pie en una roca blanca y lisa. Primeros planos de platos de aceitunas y ensaladas de tomate y feta. Visiones movidas del mar desde todos los ángulos y carreteras de la isla, filmadas desde el asiento del copiloto de un coche de alquiler.

Los vídeos son tristes porque son claramente un escudo. Me acabo de comprar un cámara de vídeo y paso los días absorta en la pantallita, enfocando cualquier cosa que me pase por delante, intentando olvidar la presencia de mi acompañante.

Algún día el acompañante describirá este viaje por las islas como el peor de su vida. Se ha plantado en Grecia por sorpresa, después de pedir una excedencia de última hora en el trabajo. En lugar de ilusionarme, como se supone que ilusiona la aparición inesperada de tu pareja, lo he recibido con un desánimo imposible de disimular. Han pasado cinco años desde el viaje fallido con Pavlos y había fantaseado con un reencuentro épico con los paisajes del Egeo. Había visualizado las mañanas leyendo en calas solitarias, rodeada de un aura de misterio, hablando en griego con afables desconocidos, lejos de la derrota sentimental que ya se intuía en el horizonte. En cambio el viaje se ha convertido en una sucesión de comidas y cenas deprimentes, llenas de discusiones y desencuentros irritantes, que solo confirman y aceleran la muerte de la relación.

Grecia empieza a parecerse a la alegoría del infierno atribuida a un rabino lituano, en la cual un grupo de infelices se encuentra reunido en torno a un banquete de delicias inimaginables pero se mueren de hambre porque solo tienen cucharas largas, de más de un metro, con las cuales les es imposible comer.

Después iremos en coche hasta Tesalónica –vídeos eternos de carreteras, pueblos distantes, laterales de camiones– y ahí tendrá lugar la ruptura. Él volverá a la ciudad lejana donde ahora vivimos los dos y yo me quedaré unos días merodeando por las calles desiertas que me parece pisar por primera vez. Es temporada de *koufovrasi*, la mezcla de calor y humedad extremos que la gente local asegura que puede hacerte hervir, y en este estado alienado surgirá la idea de empezar a entrevistar a los últimos judíos hablantes de judeoespañol, lo que poco después me llevará hasta Iosif Baena y hasta Perikles y hasta el despacho posadolescente del alcalde Boutaris.

El año que cumplo treinta vuelvo a Icaria. Viajo con una amiga que nunca ha estado en Grecia y que parece moderadamente impresionada con mi dominio del idioma. Es la segunda quincena de octubre y nos recibe una tormenta fría que augura días de manta y reclusión. No dormimos en la playa sino en apartamentos con vistas al mar, y no comemos *gyros* sentadas en la cuneta, sino banquetes de pescado fresco y *souvlkai* y berenjena asada con salsa de yogur. La isla está vacía y los pocos visitantes y locales que nos cruzamos no parecen tener demasiado interés en hablarnos. En el coche de alquiler escuchamos una espantosa radio turca que se sintoniza espontáneamente desde la ciudad próxima de Bodrum. La lluvia retrocede en un par de días y da paso a un sol entusiasta, que nos abre como un regalo las playas blancas del sur. Hemos traído las cámaras pero las dos nos olvidamos de sacarlas.

El último día antes de ir al aeropuerto, si puede llamarse así a la pista desangelada desde donde despegan las avionetas que sustituyen el ferry en la temporada baja, comemos en una terraza en el puerto de Agios Kirikos. A mano derecha un mural colosal da la bienvenida a la isla de Ícaro. El sol de otoño brilla con fuerza sobre el muelle, sobre las gaviotas que planean cerca del agua, sobre los viejos que matan la tarde y sobre mi amiga y yo. Un viejo sentado a la mesa de al lado señala unas islas que se ven en el horizonte cercano y le pregunta a otro, que contempla la nada mientras toma sorbitos de *ellinikó*:

–Disculpa, ¿sabes cómo se llaman aquellas islas de ahí?

–Ni idea.

–Toda la vida viéndolas y no sabemos qué nombre tienen.

Risita breve de los viejos, y la conversación acaba aquí. Le traduzco el intercambio a mi amiga con la satisfacción de haber entendido algo. Apurando el café en Agios Kirikos parece por un instante que la alineación se ha producido finalmente, y disfruto de una sensación efímera y muy intensa de felicidad.

* * *

Dafni reapareció el año que siguió a la pandemia. Se había mudado a Barcelona para trabajar en una multinacional tecnológica después de vivir unos años entre París y Berlín. Tomamos una cerveza cordial y nos resumimos mutuamente los últimos años de vida, pasando por alto la guerra fría de nuestros últimos meses de convivencia. Desprendía un olor dulce y adulto de mujer a cargo de la situación, y seguía relatando la vida de una manera que eclipsaba y empequeñecía todo lo que tenía cerca.

Recientemente había dirigido una agencia para modelos con cuerpos no normativos que le había llevado a tratar con la élite de la alta moda parisina. Veladas íntimas en el

Louvre, cenas desenfrenadas con los directivos de Louis Vuitton. La adrenalina de la velocidad y el dinero sucio y las noches en blanco. No tenía ninguna intención de volver a Tesalónica, un agujero de pereza e inanición donde era imposible emprender o sentir ilusión por nada. Se quejó de la mentalidad pasiva y derrotista que había destruido a su generación. Los más espabilados se habían marchado de Grecia hacía años. Esto incluía a la mayoría de sus amigos: Londres, Viena, New Jersey, Lisboa.

Solo se había quedado Pavlos, por quien todos sentían cierta pena o desdén porque era el único que se había comido el servicio militar y que mantenía el estilo de vida de los remotos días universitarios, jugando al fútbol con un equipo de anarquistas matados y fumando hierba y poniéndole los cuernos a la novia; nunca ha tenido una novia a quien no engañara de manera abyecta y recurrente, supongo que sabes que a ti también te estuvo engañando todo el tiempo, en realidad se echó la novia actual durante la semana que pasaste postrada en el colchón por la fiebre. Todos vimos cómo se separaba de ella para ir a llevarte plátanos y después volvía. Dafni se disculpaba por soltar términos alemanes cuando hablaba en inglés, pero es que ahora mismo su alemán era mucho mejor que su inglés. En estos años había adquirido el hábito de llevar tacones, ponerse pestañas postizas y pintarse las uñas, y se había hecho feminista.

2

SHIKSA

En los bajos de mi edificio había una librería de segunda mano, llena de clásicos de bolsillo cubiertos de una repugnante pátina amarillenta. Este tipo de librerías abundaban en Jerusalén. Vendían principalmente títulos polvorientos de Graham Greene y copias de la novela propagandística *Éxodo*. Mi librera era una mujer de sesenta y muchos, de cabello largo y canoso, que fumaba un cigarrillo tras otro en la puerta e insultaba a los clientes que pedían autores hebreos. Reseñas ofendidas en internet hablaban de una librera fanática, con un cuestionable instinto para los negocios y llena de un odio venenoso contra su propio país. Una vez me la encontré en el *shuk*, el mercado local, que antes del sabbat se llenaba de gente ultimando las compras del día. A modo de saludo se detuvo en medio de la multitud y se puso a señalar a personas al azar.

—¿Ves como no hay gente normal en este país? ¡Todos locos! ¡Todos locos!

La librera soñaba con jubilarse en Lloret de Mar. Había visto un folleto o un anuncio turístico e imaginaba un paraíso de jardines verdes flotando sobre el Mediterráneo. No le destrocé su idea de la tierra prometida. Parecía importante, incluso crucial, tener una tierra prometida para evocar cuando el entorno se volvía opresivo o incomprensible. Yo estaba viviendo ahí, al fin y al cabo, encima de su librería decrépita y destinada a la quiebra, en una huida no tan diferente a la que ella quería emprender en un futuro próximo. Simplemente nos separaban cuarenta años, y mis jardines sobre el Mediterráneo eran lo opuesto a los que anhelaba la librera, más ordenados y previsibles. Con el tiempo acabaría encontrando en mis jardines imaginados el equivalente a los turistas borrachos de Lloret, vomitando sangría barata sobre los arbustos que alguien había podado con esmero, y pensaría que la librera tendría suerte si nunca cruzaba la frontera y conservaba sus arbustos verdes e impolutos.

Está el motivo por el que hacemos las cosas y la ficción que refinamos con el tiempo. A los veintipocos se pueden tener varias razones para ir a Jerusalén, pero ninguna es tan elevada ni digna de elogio como nos figuramos más tarde. Cuando escrutamos las razones desde el futuro encontramos indicios de aburrimiento y privilegio, y si rascamos hasta el fondo hay solo una inquietud que se parece bastante al miedo. El hecho inicial es que en Tel Aviv vivía mi amigo Paul con su futura esposa, Sivan, encima de una discoteca del inefable barrio de Florentin, y que un abril volé con la intención de hacer una visita breve. Fue una vez allí cuando empezó a producirse el espejismo. Arrastrando la maleta por las calles sucias e insondables de Tel Aviv sentí esa sensación de ilimitación, posibilidad y urgencia que en adelante buscaría como un elixir precioso y que se iría haciendo más y más rara en la vida, hasta que se volvió monótona y previsible y perdió el atractivo.

Israel es una serie de choques al sistema nervioso que hay que digerir a conciencia si no quieres enloquecer o acabar insultando a paseantes anónimos en el *shuk*. Israel también es una idea, tan poderosa en su capacidad de atracción y repulsión que puede prevalecer por encima del Israel de las calles, las librerías y los mercados. Resulta fascinante presenciar el desfile incesante de periodistas, activistas, curiosos y diletantes que se plantan allí, ya devotos de la idea, y pasean por las calles y hablan con las libreras y con todos los actores habituales y vuelven a sus países con la idea no solo intacta, sino reforzada y blindada y momificada. Un mismo viaje con las mismas conversaciones puede tener idéntico efecto momificador en dos ideas antagónicas.

En este sentido, yo llegué con una ventaja: no tenía ninguna idea. Todo lo que sabía lo había aprendido de algún telediario puesto de fondo, y de los clichés de fiesta mayor que constituían el conocimiento básico del conflicto en alguien de mi circunstancia. Todo me había parecido siempre lejano e inextricable, demasiado turbio y manoseado como para acercarme con curiosidad sincera. La causa fundamental de haber volado a Tel Aviv aquella primavera, técnicamente para visitar a Paul en el apartamento encima de la discoteca, era huir de un desajuste amoroso que había convertido Barcelona en una jaula intolerable.

El primer impacto fue darme cuenta de que Israel era un país de verdad. Tenía aeropuertos, autopistas y una publicidad estridente que gritaba en lengua propia. De manera inconsciente había esperado un desierto, cuatro chabolas a medio construir, quizá un checkpoint militar con alguna cabra pastando por allá. Sobre ese desierto se amontonaron, en un desorden violento que me alteraba los nervios, todas las impresiones de aquellos primeros días. Paul me guio por el tumulto sensual de la ciudad mientras me explicaba las cosas esenciales, como que Tel Aviv quería decir «colina de la primavera», que aquí estaban los locales de *cruising* gay y ahí la única zona de la ciudad que no había sido devorada por la expansión sionista y conservaba un aire árabe. Paul se había trasladado a Tel Aviv después de enamorarse de su compañera de piso durante un intercambio académico, y había encontrado trabajo en una radio local. Iba arriba y abajo con su mata de rizos castaños y su grabadora corporativa entrevistando a personajes de la ciudad. Su trayectoria vital me parecía alucinante y destinada a alguna forma de transcendencia, y esa aura de futura gloria se mezclaba irremediablemente con los olores e historias entre los que vivía instalado y que quedaban a años luz de casa, de la vida aséptica y previsible.

Tenía un par de semanas antes de regresar a Barcelona. El dormitorio de Paul y Sivan se estremecía cada noche al ritmo de los hits de la discoteca como si fuera una sala más; mi presencia empequeñecía el espacio que ya compartían con un número variable de compañeros de piso. Me acompañaron hasta la estación de autobuses de Tel Aviv y me desearon suerte en el viaje. La estación era un búnker laberíntico que volvía real la posibilidad de quedarte atrapado allí para siempre, ganándote la vida vendiendo falafels o suvenires desgastados.

El autocar a Jerusalén salió con retraso debido a un incidente con la multitud que esperaba en el andén. Una vez dentro un americano alto y rubio, de gafas redondas e incongruente nombre felliniano, me asaltó con toda la simpatía que el universo es capaz de reunir en un mismo punto de materia.

—Te he visto quejarte en el andén y me ha hecho gracia. También he de decir que con este pañuelo en la cabeza pareces una colona.

Guido sonreía todo el rato como si se riera de alguna broma privada, una broma que querías comprender y de la que querías ser cómplice y en ningún caso ser el objeto. Llenó la hora de trayecto con el estilo ameno y halagador de un senador en campaña. Al llegar a Jerusalén me invitó a su piso a beber agua y cargar el móvil y reposar las impresiones del viaje. Dije que me parecía una buena idea, y esto determinó el curso del siguiente año de mi vida.

* * *

Jacob vivía con Guido en la frontera oriental de Nachlaot, un barrio empedrado de callejones estrechos donde convivían hippies y judíos religiosos. El contraste parecía interesante hasta que te dabas cuenta de que la sensibilidad política de unos y otros era casi indistinguible. Jacob no era hippy ni particularmente religioso, pero era hijo de un miembro vocal de un prominente lobby sionista en Estados Unidos. Venía de Atlanta, Georgia, y trabajaba haciendo vídeos para una organización americana en Jerusalén.

Quise ver en él una actitud más ambivalente que la de su padre. Al fin y al cabo había pisado las calles que para otros eran solo una abstracción. Pasaba horas encerrado en su cuarto pintando retratos fauvistas de rabinos y tocando blues sureños con la guitarra con una habilidad que mareaba. Su voz grave y rota auguraba protección y confort. Intercambiamos algunas palabras tímidas, y poco después me instalé en su habitación para el resto del viaje.

El nombre de Jerusalén se ha traducido como «ciudad de paz», pero su versión hebrea, Yerushalaim, es plural, es decir «ciudades de paz». Una de estas ciudades solo puedes conocerla de la mano de alguien como Jacob. Es perfectamente posible pasar por la ciudad de Jacob sin apenas percibir la existencia de la otra ciudad, más allá de algún comentario pronunciado con pereza durante una cena de sabbat. La ciudad de Jacob era un asentamiento judío de arriba abajo. Mezclaba un aire arcaico y beato con cafés restaurados como si estuvieran en Downtown Brooklyn, donde se podía comer *shakshuka* y enchufar el Mac durante horas, y que solo se diferenciaban del equivalente brooklyniano porque cerraban los sábados.

Era una ciudad donde, al mismo tiempo, un chico bajaba descalzo por la calle Jaffa con la idea de inventar una criptomoneda local, una doctoranda alemana se apuntaba a un curso de yoga dirigido por un gurú indio, un soldado con el fusil al hombro tomaba la primera cerveza del permiso en el *shuk*, y un turista polaco sollozaba sobre la piedra donde María Magdalena le limpió los pies a Cristo.

En la ciudad de Jacob eran poco habituales los periodistas del tipo solidario/activista endémico de las poblaciones palestinas, gente de mirada grave y convicciones flagrantes. Los periodistas de Jerusalén eran ambiciosos y descreídos, *freelance* precarios y buscavidas de todo tipo. Aun así, de vez en cuando entablabas conversación con un señor con sandalias y resultaba ser el corresponsal del *Washington Post*, paseando bajo la noche estrellada tras pasar el sabbat en casa de algún cónsul.

La estridencia del día a día ocultaba a una ciudad pobre, de las más pobres de Israel, que de no ser por las asociaciones históricas de su nombre sería considerada un suburbio sucio y olvidable. Todo tenía el mismo tono apagado de piedra caliza que impedía que ningún edificio destacara. Era una ciudad que toleraba el desorden siempre que no incluyera ciertos sonidos, acentos y recuerdos; los que quedaban al otro lado del muro, en la otra ciudad. Jerusalén Este era una vaga noción política, tapiada detrás del muro.

Jacob me llevó a ver la procesión cristiana de Semana Santa, con un Cristo empapado de sangre artificial arrastrando la cruz por la Vía Dolorosa, y me invitó a pasar el *seder* judío con un rabino americano que aseguraba ser primo de Bob Dylan. Pero no me acompañó ni me acompañaría nunca a los territorios ocupados, o como se les llamaba en su ciudad, los «territorios». Jacob desconocía y temía a la otra ciudad, y cuando aquella primera semana le dije que quería visitarla me miró con preocupación severa, como se mira a un demente.

Aquel primer verano de adultez, mientras me iniciaba como colaboradora en la sección cultural de un periódico con sede en Barcelona, los acontecimientos en Tierra Santa empezaron a precipitarse. El secuestro y asesinato de tres jóvenes judíos cerca de un asentamiento en los territorios condujo a tres israelíes a secuestrar, a modo de represalia, a un chico palestino en Jerusalén Este. Le dieron una paliza y lo quemaron vivo. Todo ello provocó una guerra abierta en Gaza, y las imágenes de la destrucción y los edificios en llamas y los bebés mutilados llenaron las portadas de la prensa mundial.

Ya en Barcelona, en mi interior se reforzaba la convicción de que me encontraba ante una bifurcación fundamental. Era un dilema falso, alimentado por una miopía que arrastré hasta bien entrados los treinta. Esta miopía me impedía ver en mi ciudad nada que fuera urgente ni digno de contemplar. Aún me faltaban años para poder observar las causas de esta miopía sin sentir una disociación paralizante. La bifurcación en la que creía encontrarme entonces era la siguiente: o me quedaba en Barcelona haciendo carrera en el periódico y envejecía cubriendo ruedas de prensa y entrevistando a ganadores de premios comerciales, o volvía a Jerusalén y llevaba una vida épica y memorable e impregnada de una permanente sensación de ilimitación, posibilidad y urgencia.

Jacob me enviaba fotos de la ciudad vacía por la guerra. Se había trasladado con amigos a una casa de dos pisos en el corazón de Nachlaot; él ocupaba una especie de cabaña exterior con baño propio. Calculamos que en la cabaña cabríamos los dos, al menos durante el tiempo que tardara en encontrar una habitación propia. El otoño de mis veintitrés años me encontré de nuevo en el aeropuerto de Tel Aviv, esta vez sin billete de vuelta.

* * *

El corresponsal A. disponía de varios subalternos que le asistían en la tarea de redactar la noticia del día. Era un orden de las cosas totalmente normalizado, aceptado por todos los implicados en la cadena informativa de su periódico. El corresponsal tenía la afabilidad de un político profesional. Te hacía sentir inteligente y escuchada, y pedía tu opinión sobre asuntos de altos vuelos como si fueras una estadista. En algún momento del día te llamaba y preguntaba, ¿puedes escribir? Y siempre podías escribir porque pagaba bien y solo hacía falta anotar las cuatro frases que te dictaba por teléfono, y después reordenarlas para que tuvieran sentido en la página. A veces las crónicas ofrecían una riqueza de detalles sorprendente, teniendo en cuenta que las dictaba desde el suburbio familiar de Tel Aviv que raramente abandonaba: el aspecto de los escombros de una casa derribada en Jerusalén Este, las lágrimas inconsolables de la propietaria y su prole, condenados a la indigencia. Si te venía la inspiración añadías una frase de contexto, una fecha o un toque de color periodístico. Al día siguiente la crónica aparecía en la portada de la sección de internacional, firmada por el corresponsal.

Buscar habitación en Jerusalén era como entregarse voluntariamente a una sucesión de interrogatorios policiales. Las cuestiones prácticas se resolvían rápido y el entrevistador tanteaba con más o menos sutileza la cuerda política del candidato. Un americano llamado Pinchas me explicó, después de informarme del precio del alquiler y los gastos, que en un pueblo perdido de Gaza, donde había conducido un tanque ese verano, su unidad se había perdido porque habían aplanado tantos edificios que Google Maps no reconocía las calles. En otro piso me atendió Nathan, un aprendiz de rabino de Massachusetts con camisa rosa y voz de fumador de Ducados a quien solo le importaba que fuera «LGTB-friendly». Decía ser antisionista pero la formación rabínica le exigía pasar tres meses en la tierra prometida. Hacía medio año se había casado con una compañera de clase, que pasado un mes lo había dejado por otro rabino un poco más alto y fuerte. Ahora se arrastraba por la vida bajo la protección precaria de su kipá lila.

Una noche quedamos para tomar cervezas etíopes y dibujó en una servilleta la progresión de su desengaño. El duelo no era una recta ascendente, sino un tumulto desordenado que subía, bajaba, y en ocasiones retrocedía hasta la casilla de salida.

Lo habitual era que los entrevistadores prefirieran explicarme sus desengaños amorosos a alquilarme una habitación. Era una inclinación endémica en la ciudad. Todo el mundo parecía sentir la misma necesidad de exponer su circunstancia particular, o su visión política, con quien fuera y cuando fuera. Esas primeras semanas más bien erráticas yo era la interlocutora perfecta. Me leían el hambre en los ojos y se acercaban en la calle o en los cafés con el torrente en la punta de la lengua. Yo lo absorbía todo con una capacidad empática para escuchar que imaginaba profesional y magnánima, con un interés impregnado de paciencia que nunca había reservado a los asuntos y personas de mi país. Después, de camino a la cabaña de Jacob, me sentaba en un café de Nachlaot que era un agujero en la pared con dos mesas altas y apuntaba las impresiones del interlocutor en cuestión. Debía ser metódica y precisa para maquillar la preocupante falta de forma y dirección que estaban adquiriendo mis días.

Hoy mientras comía sola en una terraza unos espaguetis indefinibles se me han acercado dos hombres con ganas de charlar. Los dos habían nacido haredim pero se habían cambiado de bando. Uno de ellos es pelirrojo y me ha dicho que estamos sentados en un barril lleno de dinamita y que tarde o temprano explotará. El que no es pelirrojo, que podría cualificarse de típico judío flemático de ascendencia sefardí, se acababa de divorciar aquella misma mañana. Me ha asegurado que el divorcio en Israel es una ceremonia esperpéntica, kafkiana, que involucra rabinos y escrituras sagradas. Se ha interesado mucho por el «procés» catalán, especialmente por la construcción de identidad nacional.

He estado hablando con el hombre que he bautizado como El Gurú. Ya lo había visto un par de veces en el café de Nachlaot. Es de Filadelfia pero lleva veinte años en Eretz Israel: ojos muy azules y penetrantes, kipá talla XL, aspecto rabínico general. He salido a fumar un piti y me he sentado con él en la mesita exterior del café. Dibujaba mandalas en una libreta con el Mac abierto delante. La conversación ha saltado rápidamente del intercambio básico de informaciones (nombre/profesión/motivo de la presencia en Israel) a una discusión sobre la naturaleza y legitimidad de la ocupación. Que para él no es tal cosa: llamarla ocupación es una acusación muy fuerte de la comunidad internacional contra

Israel, que pone a los judíos en la tesitura de tener que justificarse. Es como si, después de un matrimonio de diez años, el hombre acusara a la mujer de ser perezosa; en realidad ha estado trabajando «para él» durante años y solo al final de la relación estaba desganada, pero de repente ahora se encuentra con esta acusación. O como si él, después de haber charlado conmigo, le dijera a todo el mundo que yo le he hecho perder el tiempo. Entrelazaba este tipo de alegorías desconcertantes con una voz radiofónica, grave, tranquila, y parecía vivir inmerso en una gran calma espiritual.

Los apuntes en mi libreta empezaron a escasear al cabo de pocas semanas, hasta desaparecer del todo cuando encontré piso. Le alquilé una habitación a un israelí que nunca entendía mi inglés. Cuando se dirigía a mí ralentizaba las palabras, gesticulaba y se ceñía al presente simple. Abría muchos los ojos y en ocasiones garabateaba dibujitos para asegurar mi perfecta comprensión. Tenía la costumbre de abrir la casa a desconocidos, viajeros que conocía a través de Couchsurfing y otras plataformas online. Para ir a la cocina a prepararme el café de la mañana tenía que saltar por encima de austriacos genéricos dormitando en el sofá.

Cuando aparecieron las cucarachas, que parecían tener su centro global de reunión en el baño de mi dormitorio, el israelí sonrió con benevolencia y con gestos decididos recomendó meter toallas bajo la puerta.

El apartamento coronaba el decimotercer piso de un edificio monstruoso plantado en una intersección de avenidas. Enfrente había un descampado, detrás una rotonda. La rotonda hacía de frontera entre la ciudad moderna y Mea Shearim, el barrio ultraortodoxo de donde había huido el pelirrojo que creía vivir encima de un barril de dinamita. Sobre Mea Shearim circulaban todo tipo de leyendas y rumores alarmantes. La otra compañera de piso, una alemana que estudiaba para pastora protestante, me advirtió que en Mea Shearim no podías adentrarte enseñando impúdicamente la carne, que el barrio se regía por el código moral de un gueto polaco del siglo XII y que te arriesgabas a ser el blanco de insultos y escupitajos. Era posible, por otra parte, vivir a una rotonda de Mea Shearim y no cruzar nunca la frontera. El apartamento quedaba cerca del *shuk*, de la cabaña de Jacob en Nachlaot y de la ciudad vieja, el único lugar donde de vez en cuando se agrietaba el muro y un palestino apuñalaba a un judío o era liquidado en una batida aleatoria. En la ciudad vieja también tenían lugar protestas cíclicas en torno a la explanada de las mezquitas. Generalmente me alertaban de estas protestas los mensajes preocupados de familiares que las habían visto en el telediario en la otra punta del Mediterráneo.

Durante la guerra de aquel verano se había puesto de moda una canción propagandística de Hamás cuyo estribillo repetía «alzaos, atentad contra Israel» en un hebreo macarrónico. En Israel se había convertido en un hit irónico; sonaba en las fiestas y en los coches de amigos que iban de domingueros al Mar de Galilea. En la ciudad vieja brotaba menos irónicamente de los móviles de los adolescentes palestinos que mataban allí la tarde.

La ciudad vieja era técnicamente territorio ocupado y por tanto disputado, pero pocos habitantes de la parte judía daban crédito a este tecnicismo. Como en todas partes, ahí mandaban el ejército y la policía de Israel, sin matices ni subterfugios.

En realidad la ciudad vieja era un foco mugriento donde corrías el riesgo de morir aplastado en una estampida de peregrinos cristianos. Yo misma sobreviví apenas a una visita a la iglesia del Santo Sepulcro, donde la cristiandad ha reunido convenientemente los lugares de la crucifixión y la resurrección. El Santo Sepulcro era el tipo de sitio donde un misionero hondureño se te acercaba con un ejemplar del libro *Celibato por el reino de Dios* y trataba de convencerte, en una conversación casual a la sombra de la cruz, de que eras la encarnación del Diablo.

Durante la pascua ortodoxa, multitudes de devotos se reunían en el Santo Sepulcro para presenciar el milagro del fuego sagrado. Un patriarca griego entraba en la que fue la tumba efímera de Cristo y emergía poco después con una vela encendida por intervención del arcángel Gabriel. Éxtasis general. Los asistentes, vela en mano, se pasaban la llama los unos a los otros, y solo la acción de un puñado de policías hebreos evitaba que se aplastaran mutuamente. Realmente era un milagro que la basílica no acabara en llamas sobre centenares de cadáveres calcinados, y salías al mediodía de abril con una sensación histérica y exultante de haber vuelto a nacer.

*   *   *

En la estación de autobuses de Ramallah venden lo que llamamos «mierda en barra». La mierda en barra son unos cigarrillos de producción local que te hacen anhelar una muerte fulminante. Paul y yo hemos adquirido la costumbre de comprar un paquete cada vez que nos encontramos en la estación. Fumamos mientras esperamos la aparición improbable de algún medio de transporte. Ramallah es una parada ineludible en todas las visitas al norte de Cisjordania y ha acabado teniendo sus rituales propios. La mierda en barra suele acompañar a un café humeante con cardamomo e ir seguida de un postre de maíz caliente en vaso de papel. Vamos hacia Nablus o Nabi Saleh o Jenin como quien se dirige a cumplir tareas penitenciarias un lunes por la mañana. Un grupo de policías locales se calienta las manos junto a un contenedor en llamas. El humo asqueroso de la mierda en barra se mezcla con una niebla ominosa. Tratamos de bromear para alejar la deprimente sensación de derrota.

Nunca fui capaz de escribir sobre Palestina. Turisteaba por los territorios con un vago sentimiento de indignación y culpa, visitando todas las paradas prescritas: el mercado de Hebrón, los campos de refugiados de Nablus, el pesebre de Belén el día de Navidad. Hablaba con los portavoces habituales y hacía las fotos obligadas de soldados en checkpoints y preadolescentes lanzando piedras. Después de estas incursiones siempre había unos días de aturdimiento y disociación, los necesarios para reubicar la ciudad de cafés brooklynianos en el descampado que la rodeaba.

En Nablus un hombre se sentó a mi lado en la parada del autobús donde me adormilaba bajo el sol de febrero, y después de media hora compartiendo silencio sentenció:

–*Life is boring.*

Acto seguido intentó venderme un tour por los campos de refugiados. Decliné. Tenía cita con Munib al-Masri, un magnate local que se había construido una mansión en una colina próxima. Nablus estaba en una zona particularmente conflictiva y el palacio sobresalía entre barriadas palestinas, bases israelíes y checkpoints militares. De hecho era visible desde cualquier punto de la ciudad, incluyendo la parada del autobús donde el palestino aburrido me hablaba de los efectos destructivos del paro en Cisjordania y los estragos causados por la ocupación.

Al-Masri se había hecho rico vendiendo gas y petróleo en el Golfo y había vuelto durante la primera intifada para construirse el palacete, inspirado en una villa renacentista italiana. Lo llamó «casa de Palestina» y lo llenó de Tizianos,

Picassos y estatuas de mármol de Hércules que querían representar el espíritu resiliente de su pueblo. El billonario rememoraba sus días de gloria como confidente de Arafat y se autoproclamaba líder y ejemplo de los palestinos de base. Prefería el soliloquio al diálogo activo y nos limitamos a seguirle, una italiana de Verona y yo, por las estancias delirantes del palacio.

Bastaba hablar cinco minutos con la base en cuestión para comprender la naturaleza del espejismo en que habitaba Munib al-Masri, y que replicaba muchos de los espejismos que rodeaban la cuestión palestina.

La italiana que me acompañó al palacio, que llevaba unos meses estudiando árabe en Nablus, decía que en Palestina le era imposible escribir. La emoción visceral le impedía ser analítica. Es cierto que ahí las conversaciones no tenían el tono abstracto y alegórico de mis intercambios con el Gurú dibujante de mandalas del café de Nachlaot. Después de conocer al billonario fuimos a la ciudad vecina de Tulkarem, donde unos conocidos suyos ensayaban para un concierto próximo. La música era infinitamente tediosa, un tedio que poco a poco te envolvía en una sensación de asfixia lenta, y el ensayo se alargaba como se alargan las cosas cuando no hay nada más que hacer. En una pausa para fumar, uno de los músicos explicó que no se metía en política porque preferiría suicidarse antes que arriesgarse a ser fichado y tener que pasarse la vida entera en Cisjordania.

> están desesperados y frustrados porque la vida pasa y siguen siendo como un niño de pañales, dependiendo de la caridad de otros y avanzando a cuatro patas.

Cisjordania, un territorio con forma de haba de menos de 6.000 kilómetros cuadrados, llevaba bajo ocupación militar desde 1967, cuando Israel lo conquistó a Jordania tras una guerra relámpago. Aquel dominio provisional se había ido alargando hacia todo futuro imaginable. Todos los años las ONG tenían que actualizar el mapa de los asentamientos judíos propagándose como una erupción de viruela. Los pósteres de la expansión de los asentamientos proliferaban en las organizaciones activistas en Occidente, demostrando a sus jóvenes que aún quedaban causas justas, intachables en su desequilibrio de fuerzas y en la distribución moral de la culpa. Estos jóvenes viajaban después a Tel Aviv y eran cacheados en el aeropuerto por soldados fríos e inexpresivos que confirmaban todos sus odios y sospechas, y se adentraban en los territorios con una reserva sin fondo de indignación y empatía.

Una europea a quien conocí después de una manifestación en Nabi Saleh respondió con gravedad, cuando le pregunté por qué había venido a Palestina en enero de 2015:

—Porque lo que pasa aquí es la peor injusticia que tiene lugar en el mundo en estos momentos.

Pocas causas ofrecían una oportunidad tan limpia de sentirse relevante. Al contrario que otras miserias más frescas, que aparte de peligrosas podían ser desordenadas y ambiguas, la palestina disponía de toda una superestructura dedicada a su exposición permanente. Una superestructura que se había retroalimentado y cronificado y de la que la europea solidaria y yo éramos piezas esenciales.

Nabi Saleh era un ejemplo nítido. Nabi Saleh era un pueblo desafortunado que había visto cómo un asentamiento israelí se apropiaba de una fuente de agua cercana, esencial para su supervivencia. Todos los viernes, después de la oración del mediodía, se repetía la misma escena. Los Tamimi, una fotogénica familia local, lideraba a un grupo de activistas en dirección al asentamiento y la fuente ocupada. Mucho antes de que el grupo llegara al checkpoint, un puñado de soldados con las mejillas relucientes de acné disolvía la mani con gas lacrimógeno y balas de goma. En algunas ocasiones las balas no eran de goma y había heridos y detenidos. Raramente, algún muerto. Los días buenos, el grupo desandaba el camino en silencio y pasaba el resto de la tarde sorbiendo té mentolado en el hogar de los Tamimi. Fue en esa casa de alfombras y sofás mullidos donde hablé con la europea, entre decenas de europeos con *kufiyya* que comentaban los hechos del día.

Hacía tiempo que las manifestaciones de los Tamimi atraían más activistas, periodistas y combinaciones ambiguas de ambos que vecinos de la zona. Decenas de testigos documentaban al milímetro toda interacción con los soldados del checkpoint. La niña Tamimi, que lucía una ondulada melena rubia y se envolvía con una bandera palestina, solía ir rodeada de un desfile de cámaras que premiaban sus gestos atrevidos con series frenéticas de clics. El tedio de los soldados y la actitud coreografiada de los manifestantes transmitían la impresión de que todo era una actividad simbólica, destinada a poblar los corazones y los instagrams de los visitantes, y a mantener viva la causa palestina más allá de los límites del pueblo.

Solía quedar sin respuesta la cuestión de cuál era exactamente la causa palestina. La solución de los dos estados había sido desacreditada y nadie podía defenderla sin sonrojarse. Algunos locales afirmaban con calma que desde el río hasta el mar, Palestina será libre: una manera poética de desear la desaparición del estado de Israel y su substitución por un legítimo estado palestino. Este eslogan solía encontrar la complicidad del visitante extranjero. No era habitual que se planteara la cuestión de que Israel, más allá de la entelequia de inhumanidad y violencia arbitraria, era un país sólido, con aeropuertos, autopistas y una publicidad estridente que gritaba en lengua propia. No parecía que las proclamas de Hamas ni las condenas de organizaciones antisionistas fueran a desmantelarlo pronto. En cambio la Cisjordania ocupada no tenía aeropuertos, y la mayoría de sus autopistas, que la cruzaban de punta a punta aislando y atomizando sus pueblos, eran de uso exclusivo para israelíes.

La disociación entre los escenarios planteados y los posibles me dejaba perpleja y con la permanente sensación de estar perdiéndome algo. Los activistas no parecían tener inconveniente en alimentar la fantasía de una inminente desaparición de Israel, ni el escenario aún más fantasioso de la autoridad palestina sobreponiéndose a la corrupción y la ineficacia para constituir un Estado funcional. Extender estas quimeras de forma acrítica y entusiasta parecía una forma más popular de activismo que mirar a la cara las posibilidades reales del llamado pueblo palestino, e imaginar una salida digna. Es cierto que este ejercicio desembocaba invariablemente en un cinismo resentido e improductivo, incompatible con la adrenalina necesaria para afrontar el día a día de los territorios.

Todo esto resultaba en un estado de cosas extraño y deprimente y desolador que hacía comprensible la progresiva radicalización de los palestinos de Cisjordania. La única esperanza que le quedaba a la causa palestina era seguir siendo la causa palestina: extremar el discurso frente a la fatalidad de los hechos sobre el terreno, y mantener viva su infinita capacidad de atracción para los solidarios del mundo.

Las motivaciones de los solidarios eran más crípticas y profundas. Me hacían contemplar con incomodidad mi predilección por las conversaciones con gurús mesiánicos al otro lado del muro. Al fin y al cabo, después de las manis y los tés eternos con madres de represaliados yo volvía aliviada al apartamento del decimotercer piso en la ciudad de Jacob, lejos de la humillación y las autopistas segregadas. Envidiaba el convencimiento fresquísimo de aquellos extranjeros que no podían ni siquiera pronunciar la palabra Israel: la entidad sionista, quizá lo llamaban, o directamente la Entidad, o simplemente «los judíos». Habían viajado, como yo, desde el confort de sus hogares poshistóricos y habían conseguido volver atesorando una fe en la existencia de un enemigo absoluto.

Era un éxito envidiable. No se puede subestimar el atractivo de este tipo de convencimiento. Al fin y al cabo ofrecía la satisfacción de encontrarse en el bando correcto de las cosas, y una manera noble de pertenecer a un grupo de mentes afines, una causa justa, lo que fuera.

*   *   *

Safed es una ciudad de piedra blanca en la cima de una colina. Adeptos de la rama mística del judaísmo, sus habitantes se establecieron allí tras ser expulsados de la España católica, y Safed se ganó la fama de ser la cuna de la cábala. Voy un viernes con Nathan, el aprendiz de rabino con la kipá lila y el corazón roto, poco antes del inicio del sabbat. No hemos planificado nada. Nathan parecía la clase de persona que se habría encargado de buscar alojamiento y una mesa donde cenar, pero está narcotizado por la depresión y se mueve con una actitud de mínimos, como esperando pasivamente que la vida le devuelva las esperanzas depositadas. Llegamos hace un rato y tomamos una cerveza observando la danza extática de los nahmanim. Son una secta errante de judíos que pasan las horas de vigilia bailando tecno en torno a una furgoneta.

Las dos chicas que se sientan al lado se interesan por nosotros. Estudiantes de enfermería, comparten piso en el centro. En cuestión de minutos se ofrecen a alojarnos, envalentonadas por la kipá del Nathan.

De los judíos parecía brotar un sentimiento de comunión y pertenencia que hasta entonces solo había reconocido, parcialmente, en hinchas de equipos de fútbol. Al principio le veía a este sentimiento algo tribal y exótico. Personas adultas y funcionales te preguntaban si pertenecías a la tribu, y en caso negativo, preguntaban tu afiliación religiosa. Tenía un punto medieval, como de juego infantil; lo observaba con diversión y cierta condescendencia. Después, cuando la broma ya había durado un tiempo, empezó a resultar inquietante. Contradecía la noción de fraternidad secular con la que había crecido y que a estas alturas creía universal e incuestionable. Ponía en evidencia una especie de carencia comparativa; me convertía en representante de un desarraigo que era al mismo tiempo la cúspide de la sociedad que me había engendrado y su fracaso más notorio.

En el piso pulcrísimo de las enfermeras surgen las primeras sospechas. Cuando decido no ducharme antes de asistir a la sinagoga, intercambian una mirada rápida. Con todo, nos invitan a acompañarlas al templo. Nathan entra por la puerta principal, y las chicas y yo bordeamos la sinagoga hasta un acceso lateral que desemboca en una pequeña estancia delimitada por cortinas. Es el rincón de las mujeres. Al acceder, una de ellas se gira para preguntarme con tacto si soy judía. Le digo que no, casi con culpa. Me ofrece una torá que extrae de una estantería repleta y me indica que la siga.

Al otro lado de nuestra estancia la sinagoga es una fiesta: los hombres cantan y bailan, se dejan la voz en una catarsis testosterónica colectiva. Tras la cortina las mujeres corean púdicamente los cánticos, sentadas en hileras, los ojos fijos en las torás.

Cuando nos reencontramos a la salida, Nathan afirma que ha sido la peor experiencia sinagóguica de su vida. Él pertenece al llamado judaísmo reformista, una rama de la fe liberal y progresista que no contempla las cortinas divisorias. Nos desmarcamos del grupo y salimos a pasear, con las llaves del piso de las enfermeras tintineando en el bolsillo. Un matrimonio nos pesca por la calle y nos invita a su mesa.

Jubilados, seis hijos desperdigados por asentamientos del país. En la pared tienen un dibujo del Segundo Templo de Jerusalén, el que destruyeron los romanos en el año 70 iniciando el largo éxodo judío.

–Es necesario que volvamos a construir el templo. El pueblo judío no es consciente de sus derechos sagrados sobre este territorio –arranca el marido, y Nathan se hunde un poco más en su aura de desolación, anticipando el tono de la velada.

Están en Safed de visita. Habían sido colonos en Gaza, y después de que Israel desmantelara todos sus asentamientos en la franja y se retirara en 2005, levantaron una colonia ilegal junto a la frontera egipcia. Desde aquel rincón ignoto contribuyen a la conquista de Eretz Israel.

Después de cenar nos escapamos y deambulamos hasta la madrugada por el laberinto de calles empedradas. La hierba y el frío y una especie de desasosiego compartido mantienen a flote la conversación. Es entonces cuando Nathan me cuenta que hay gente que se salta la *havdala*, el ritual que marca el fin del sabbat, y alarga la fiesta unos días: «they keep the shabbas rollin». En Safed, con sus personajes cavilantes y su ambiente onírico, un sabbat de duración indefinida tiene todo el sentido del mundo. Me siento a gusto divagando con Nathan, de la manera en que siempre me he sentido en casa con las personas que vienen de tocar fondo.

Tras un rato sentados en silencio en las escaleras del cementerio, sobre las tumbas azul eléctrico de cabalistas célebres, Nathan dice de repente, resolviendo alguna cuestión que ha estado debatiendo consigo mismo:

–En realidad lo único que pido es un poco de amor.

Al día siguiente, almorzando con las enfermeras, la conversación nos lleva a sus orígenes familiares. Las dos vienen de familias de colonos. Una vivió en un asentamiento en Gaza hasta la evacuación de la franja, la otra en las comunidades colonas de Jerusalén Este y Hebrón. Son del tipo mesiánico fundamentalista. Nathan les dice que la Biblia la escribieron unos señores y no un poder invisible. Le responden que es un rabino de pacotilla. Pronto aparece el agotamiento existencial que envuelve tantas conversaciones en este país como una baba de babosa. Al padre de una de ellas le atacó hace poco un palestino de Askar, una barriada de refugiados de Nablus, que intentó apuñalarlo a la salida de un asentamiento. Sobrevivió con heridas superficiales. Recuerdo bien el ataque: estaba en Askar cuando pasó y los niños del campo vitoreaban con orgullo al atacante, ya preso en una cárcel israelí.

En el postre ya hemos reconducido la conversación hacia temas más inocuos y banales. Se plantea la cuestión de preparar café. Las enfermeras se excusan; encender fuegos y vitrocerámicas entra en el grupo de actividades prohibidas durante el sabbat. Tampoco sería adecuado pedírselo a Nathan, que pese a ser de pacotilla es judío como ellas.

Después de un largo silencio incómodo comprendo que la iniciativa tiene que salir de mí.

Tomamos el café al sol, sentados en la escalera imbuidos de una falsa cordialidad. Cuando salen las primeras estrellas de la noche indicando el final del sabbat Nathan y yo cogemos el primer autobús hacia Jerusalén. No hablamos durante el trayecto y no volveré a verlo nunca más.

* * *

Durante semanas las enfermeras de Safed siguen presentes en mi pensamiento. Me obsesionan su amabilidad e higiene extrema, su odio a los árabes y su determinación de dedicar la vida a la colonización de Palestina. Las utilizo a modo de argumento cada vez que Yuval me dice que el conflicto Israel-Palestina no existe. Conocí a Yuval en un concierto de música flamenca en un jardín de Jerusalén. Es un israelí amigo de Jacob, un melómano musculado de ojos azul celeste que lleva el cabello rubio esculpido en un corte militar. Gasta una ironía rápida y siente debilidad por la música indie intimista, y opina que hablar de un conflicto Israel-Palestina es ajustar el foco de forma deshonesta.

Lo que existe, según Yuval, es un conflicto geopolítico entre Israel y varios países circundantes, que por cierto tienen armas nucleares y la intención declarada de aniquilar Israel. El mundo se empeña en pasar por alto este hecho para convertir el primer Estado judío en su hombre de paja global. Ignorando este marco, y las legítimas preocupaciones defensivas de Israel, es imposible comprender las políticas emprendidas en los territorios.

Yuval es hijo de uno de los generales que diseñó la retirada de Gaza. Sus argumentos están siempre apoyados por un conocimiento intrincado de la industria militar israelí, del contexto y el razonamiento de cada decisión tomada. Sobre todo están blindados contra toda injerencia sentimental de europeo ablandado por décadas de paz, libre circulación y antibelicismo flácido. Él mismo solo se permite el sentimentalismo en sus elecciones musicales. En política lo mostró una sola vez, cuando relataba su incursión en un tanque en Gaza durante la guerra del último verano. Entonces explicó que lo único que lo hizo flaquear momentáneamente fue la visión de una serie de animales moribundos, sus corrales y cuidadores ya destruidos, deambulando por la nada hacia la inanición.

Hablar de un conflicto Israel-Palestina era equívoco porque de alguna manera equiparaba la realidad del descampado palestino con los conciertos flamencos de Yuval. En Palestina se vivía siempre a la sombra del Estado judío, reaccionando permanentemente a su expansión y humillaciones cotidianas. Pero unos días de inmersión en el Jerusalén judío bastaban para olvidar los asuntos del otro lado. Se decía que la escisión profunda empezó tras el alzamiento del muro, con el blindaje general que siguió a la Segunda Intifada, la de las bombas palestinas en restaurantes y discotecas. El contacto entre israelíes y palestinos se había ido reduciendo hasta quedar relegado a algunos lugares insospechados.

Uno de estos lugares era el ulpan. La institución había nacido para enseñar hebreo de forma rápida y expeditiva a los inmigrantes que empezaban a llegar en masa a finales de los cuarenta. El hebreo se había establecido como idioma oficial del nuevo Estado tras una batalla encarnizada entre sus partidarios y los del yidis, religiosos contrarios a la desacralización de la lengua bíblica. El método de enseñanza en el ulpan era intensivo y aparentemente milagroso:

judíos argentinos, rusos o iraquíes hablaban con fluidez la nueva lengua en cuestión de meses.

Me apunté pagando la cuota de los extranjeros. En mi clase no había recién llegados haciendo la *aliyá* –el proceso de obtención de la nacionalidad israelí– sino un grupo ecléctico de palestinos de Jerusalén Este. Un par de veces al día se alineaban para rezar en los pasillos de la academia de cara a La Meca, y de vez en cuando interrumpía la lección algún móvil con el *allahu akbar* de melodía. Aprendían el idioma para ir a la universidad hebrea, o para acceder a la liga de fútbol local, o para conseguir algún trabajo decente.

Fuera del ulpan, Jerusalén se replegaba sobre sus conflictos endémicos. Estos conflictos implicaban desavenencias abismales entre judíos religiosos y seculares, entre sefardíes, asquenazíes o africanos de tribus perdidas. El entramado atravesaba la historia de siglos, éxodos y continentes, y se mostraba en los detalles más banales.

Los etíopes, por ejemplo, eran los únicos que abrían sus locales el viernes por la noche, cuando el resto de la ciudad se retiraba por el sabbat. El sabbat hacía que la ciudad pareciera un escenario apocalíptico de película de ciencia ficción. Sonaba la sirena del viernes, la misma que alertaba de bombardeos y de la conmemoración del Holocausto, y los negocios cerraban, los coches dejaban poco a poco de circular y los haredim –los ultraortodoxos de Mea Shearim y barrios afines– organizaban partidas nocturnas para asegurarse de que se respetaba el día de descanso. Los etíopes bajaban la persiana, y tras esa precaria protección se podía comer con los dedos el plato único del menú.

Un viernes fui a un etíope con Gianni, un italiano de treinta y pocos que capeaba la frontera de una depresión severa. Había dejado su trabajo de pizzero en Bergamo para seguir los pasos de su novia, que estaba en Jerusalén estudiando un posgrado. Una vez en la ciudad santa se había encontrado con que la novia llevaba cerca de un mes liada con un israelí de ojos verdes y piel tostada. Esto había contribuido notoriamente a su odio contra Israel, un odio que ya había perfilado durante años de adscripción vaga a la causa palestina. A Gianni no le fascinaba, como a mí, la miríada de capas y escisiones que se solapaban en la sociedad israelí, ni el contraste entre la inmediatez frenética del día a día y la raíz milenaria de sus lugares y su mitología. Gianni veía apartheid, fanatismo religioso, un ejército de ojos verdes y piel tostada colonizando una tierra ajena con la Biblia en la mano.

Sin novia y desligado de su pasado pizzero, y encontrándose en una cantera global de cronistas, Gianni quería probar suerte con el periodismo freelance. De momento su actividad se había limitado a beber cervezas etíopes y a hacer algunas incursiones infructuosas en los territorios. Comentábamos la rutina de los tours palestinos y partíamos pan de pita esponjoso con los dedos cuando la persiana empezó a tambalearse, y el restaurante se inundó con el cántico grupal de los haredim en la calle.

—*Shabbes, shabbes...*

El único camarero del bar, un etíope de adolescencia indeterminada, subió un metro la persiana y salió a su encuentro. Fuera una docena de haredim con sombreros de piel cilíndricos coreaban el nombre del día sagrado en yidis, moviendo el torso adelante y atrás como en la oración. El etíope encendió un cigarrillo y los observó en un silencio perplejo. Probablemente había llegado con la ola de inmigrantes de la comunidad Beta Israel de Etiopía, una comunidad largamente desvinculada de las tradiciones y rituales del judaísmo pero con suficientes credenciales judías como para reclamar un espacio en el Israel moderno.

De alguna manera, allí en tierra santa, el adolescente etíope y los viejos de ascendencia polaca que lo increpaban en yidis formaban parte del mismo equipo.

El líder del grupo exigió con cierta violencia que cerrara el local por respeto al día de descanso. El adolescente apagó el cigarrillo, entró y apagó las luces hasta que la partida haredim se marchó. Al cabo de un rato volvió a abrirlas y las cervezas siguieron rulando, como si no hubiera pasado nada, tras la persiana bajada.

* * *

Es difícil señalar el instante en que la excitación se convierte en tedio, y todo lo que había parecido fascinante empieza a sonar simplemente demencial. Pero el momento llega, y de un día para el otro la capacidad infinita de escucha es sustituida por una impaciencia mezquina y difícil de disimular.

Jerusalén era un teatro que ofrecía entretenimiento ilimitado, una fuente perenne de indignación y alimento espiritual, y la adrenalina de una zona de conflicto sin muchos riesgos. Había llegado pensando que me acercaba al núcleo de algo, pero en realidad solo hacía tiempo hasta tener que afrontar los asuntos centrales de la vida.

Cada conversación intrusiva de estación de autobús, cada excursión infructuosa a una población decrépita, aceleran ahora el momento de volver.

Gianni tenía que ir a Turquía a entrevistar a yazidíes desplazados por la guerra siria y me llevó como fotógrafa. Volviendo de Diyarbakir, en el aeropuerto de Tel Aviv una agente de aduanas decidió que mi pasaporte resultaba sospechoso. Varias horas de espera en una habitación llena de inmigrantes rusos, alguna amenaza de deportación directa;

por último la agente me concedió una semana de gracia para recoger mis cosas y marcharme del país.

Al día siguiente me llama la editora de la revista local para la que estaba preparando un reportaje sobre el décimo cumpleaños de la retirada de Gaza. Me informa con tacto de que me han abierto una ficha policial, y que el departamento legal de la revista ha optado por prescindir de mis colaboraciones. Menciona vagamente una llamada de las oficinas del Ministerio del Interior.

Nunca averigüé el contenido de esta comunicación, pero todo sonaba lo bastante ominoso como para tomarse en serio los plazos de la agente de aduanas.

Cuando Jacob llegó a la habitación de las cucarachas yo ya tenía la maleta abierta. Se sentó en la butaca de la esquina y dejó caer una lágrima por la mejilla derecha. De alguna manera la lágrima me pareció impostada. Era una sensación ruin y difícil de articular. Una frustración, quizá, ante la evidencia de que mi marcha no sería ninguna tragedia, y que nuestra historia acabaría tal y como había empezado, como un hecho adyacente a la circunstancia y no como un tesoro que se había buscado a conciencia y luchado y padecido. A todo le faltaban unos grados de intensidad, el dramatismo de las rupturas reales. La frustración se veía agravada por el hecho innegable de mi propio alivio. La deliberación del Ministerio del Interior había resuelto la cuestión de mi permanencia cada vez más injustificable en Jerusalén, y al mismo tiempo ofrecía una salida a mi relación desapasionada con Jacob. Debe de haber situaciones, pensé con horror, en que la intervención ministerial no llega a tiempo y te encuentras frente a años o décadas de relación tibia y anodina, buscando motivos para poner punto final sin acabar de encontrarlos nunca, convenciéndote por último que los años o décadas invertidas son suficiente garantía de que la relación tiene valor en sí misma y en todo caso es preferible a la intemperie. Años más tarde pensaría que un destino como este no sería tan terrible como me lo había figurado a los veinticuatro, e incluso empezaría a verlo con cierto anhelo, pero ahí con las cucarachas y la maleta abierta y la lágrima individual y quizá falsa de mi amante me pareció lo más similar a ser enterrada en vida.

Para despedirme de la ciudad, Jacob me llevó por primera vez a Mea Shearim, el barrio ultraortodoxo más allá de la rotonda. Las advertencias fatalistas de la alemana se materializaron al instante. A nuestro alrededor se creó un pasillo de jóvenes de patilla larga que gritaban en yidis:

—*Shiksa, shiksa, shiksa!*

La palabra servía para denominar tanto a la mujer no judía como a la prostituta. De alguna manera la juventud de Mea Shearim me proporcionó la despedida perfecta, el colofón que faltaba en la lista de anécdotas que una explica sobre su estancia en Israel, años después y desde ciudades lejanas, satisfecha por el carácter exótico de la experiencia pero sin creer haberla vivido realmente nunca.

*   *   *

La última vez que lo busqué en Facebook, Nathan se había casado y tenía un hijo de año y medio. Vivía en Portland o en Cleveland y ponía su función rabínica al servicio del activismo climático. El italiano Gianni se había mudado a algún país anglosajón y daba charlas online sobre ciberseguridad para periodistas. Jacob había vuelto a Atlanta, donde había desarrollado una carrera de éxito como director de fotografía, y se había prometido hacía poco con una heredera judía.

Antes de coger el minibús hacia el aeropuerto esa última mañana pasé a despedirme de la librera antisionista. No estaba, y le dejé una nota con mis datos de contacto por si llegaba a ir a Lloret. Google Maps señala ahora un vacío en el local donde solía estar su librería. Han desaparecido también las reseñas ofendidas de clientes a quienes la librera había insultado por querer leer a autores israelíes. El descampado frente a mi edificio monstruoso ha sido ocupado por lo que parece ser una galería comercial.

Lo que Google Earth no muestra es el mural hecho con plastidecor que había en la azotea de mi edificio. Lo pintó un ruso que vivía en el piso de arriba. Al principio solo había dibujado el perfil de una montaña, con un trazo vacilante e infantil, pero a lo largo de las semanas fue adquiriendo consistencia y ganando en detallismo: un par de casas de campo, un cielo azulísimo, un bosque que podría ser un hayedo bajo un sol de sonrisa impertinente. A medida que crecía el mural crecía la pila de latas de cerveza amontonadas delante de él. Al final tenías que saltarlas para avanzar hasta un extremo de la azotea, el lugar óptimo para fumar puesto que tenía las mejores vistas. Un día coincidimos en la azotea, el ruso y yo, y el ruso parecía llevar meses sumergido en un sonambulismo etílico que no llegaba a coma pero que tampoco era del todo vigilia. Habló largamente de Rusia, patria que había tenido que abandonar por motivos no especificados y que añoraba por ser el único lugar donde no se sentía como un animalillo extraño, y del amor que profesaba por su único líder, Vladimir Putin.

Una vez soñé con Jerusalén meses después de haberme marchado. En el sueño subía la escalera hasta la azotea y me sentaba en la barandilla en el mismo lugar donde había charlado con el ruso y observaba cinematográficamente la ciudad como si hubiera captado por fin algo. Entonces pensé que quizá era un augurio, que volvería a Jerusalén en un futuro más sereno y adulto. Pero en realidad fue solo un sueño triste, de aquellos que te hacen sentir un regusto a pérdida durante unos pocos minutos brumosos, los que pasan hasta que te despiertas y empieza a rodar el día y no lo vuelves a pensar más.

3

LOS ALISIOS

Perseguimos una furgoneta blanca por las afueras de Esmirna. Guillermo cree que lleva migrantes a un campamento improvisado en la playa. Es octubre de 2015 y la costa turca está llena de ellos. Llegan de todo el Oriente medio y de más allá. Te los encuentras instalados en las colinas o entre los escombros de alguna Marina d'Or abandonada, comiendo pipas mientras esperan la madrugada para zarpar hacia Grecia. Los ves avanzando en fila por las avenidas, dormitando en las plazas, emergiendo de tiendas de suvenires con chalecos naranja bajo el brazo. Guillermo me ha dejado claro que a él los refugiados le importan una mierda. Hace solo cinco días que lo conozco, los mismos que hace que me propuso que lo acompañara una semana a Turquía. El pretexto era hacer un reportaje sobre la crisis migratoria en el Egeo: él sacaría fotos y yo estamparía mi firma en un medio de alcance estatal. La intención real era llevarme a un tour de hoteles de lujo por la costa turca, de Esmirna a Bodrum. Decía *refugees* en un inglés madrileño, de forma que te permitía visualizar la sonrisa sarcástica incluso a través del teléfono. Los *refugees* le importaban una mierda («como a todo el mundo, no te engañes») y en realidad solo quería pasar por Esmirna para inspeccionar un velero de segunda mano que había visto en internet.

Antes de conocer a Guillermo ya sabía de él todo lo que hacía falta. Paul había pasado unos días con él en el verano de 2014. Un editor de la sección internacional los había enviado a ambos a retratar la guerra desde las playas de Gaza y Tel Aviv. Debían de formar una pareja peculiar. Paul era un literato sensible de veintidós años sin ninguna experiencia en el reporterismo bélico. Se había instalado en Tel Aviv al acabar la carrera, después de enamorarse de una judía iraquí durante un intercambio académico. Una vez allí había ejercido de redactor a la sombra de un reputado corresponsal español, trabajo que yo heredaría durante mi breve estancia en Israel. Hacía tiempo que el corresponsal observaba las idas y venidas del conflicto desde una benevolente indolencia. Ya no se ensuciaba las botas como en los días de la intifada: de vez en cuando entrevistaba a algún político de las altas esferas, y delegaba a sus subalternos la composición de la noticia del día, generalmente a partir de recortes de la prensa local.

Así fue como Paul se encontró con el encargo de adentrarse en territorio enemigo y testimoniar los estragos de la Operación Margen Protector. El fotógrafo enviado por el periódico tenía cuarenta y cinco años y lo precedía el aura épica de su leyenda familiar. Se decía que su padre traficaba con armas, que tenía un papel destacado como intermediario entre los productores españoles y el gobierno saudí. Él fotografiaba tanto guerras como competiciones de surf. La simetría de la historia hacía salivar a los periodistas que se cruzaban con él: el padre vendía el misil que amputaba la pierna, el hijo retrataba la pierna amputada. No quedaba claro si lo hacía con ánimo rebelde y de denuncia o si era un apéndice del lucrativo negocio familiar. En todo caso, la ambigüedad contribuía a alimentar la leyenda.

Paul no fue inmune a su particular magnetismo. Durante los meses que pasó obsesionado con Gaza, lo que más lo martirizaba no eran los bebés mutilados sino la actitud impulsiva e inescrutable del fotógrafo. Parecía guiarse por lógicas propias, inaccesibles desde el raciocinio común; te arrastraba como un huracán hacia el núcleo de las cosas.

Durante meses escuché las anécdotas que repetía Paul con un cierto aturdimiento. En cuanto llegaron a la ciudad de Gaza, por ejemplo, Guillermo insistió en que se alojaran en una pensión junto al mar, lejos del hotel asignado a la prensa, solo porque le gustaban los neones de la entrada con las palabras «The Beach». Paul prefirió arriesgar la vida a rebajarse al nivel del resto de enviados especiales y quedar como un pusilánime a ojos de su compañero. Durante tres noches durmieron expuestos a los bombardeos israelíes.

En otra ocasión, Guillermo se congració con unos polis de Hamas, que querían confiscarle la cámara, rezando el *Bismillah* en árabe. Durante su breve paso por Tel Aviv flirteó abiertamente con Sivan, novia y futura esposa de Paul.

—Se mete en tu vida durante una semana y te tiras meses intentando entender lo que ha pasado —decía Paul.

Me lo presentó en una taberna de la Barceloneta pocos días después de que cumpliera los cuarenta y siete. Había pasado más de un año desde su periplo en Gaza. Yo me había pasado todo ese año mirando regularmente las fotos de Guillermo, con la imaginación encendida por las historias de Paul. Subía las imágenes en una web austera, sin explicaciones ni pies de foto. El efecto era el de una secuencia larga y grotesca de carne humana sin contexto. Los protagonistas me habían acabado resultando familiares: el niño zambulléndose en una piscina en Kabul, el trío de soldados posando como estrellas de rock en Crimea, la mujer horizontal aferrándose a una barandilla durante un huracán en Staten Island. Avanzaba lentamente por la galería mientras llegaba a la imagen que me aceleraba el pulso. Una mujer desnuda, vista de espaldas, agachada ante la puerta de un minibar. A la derecha, unos tejanos de hombre tirados en el respaldo de una silla. La escena irradiaba sexo y peligro. La chica era una novia, o una ex, o una tía cualquiera que había fotografiado desde una cama poscoital de hotel en alguna aventura lejana. Daba igual. Era un culo redondo y perfecto, un culo que convertía a Guillermo en alguien intrigante por asociación. No solo tenía acceso a este tipo superior de culos, sino que los fotografiaba y los compartía entre el retrato de un talibán con turbante y un cadáver ucraniano tirado entre los arbustos. La existencia de aquel culo llevaba implícita la posibilidad de convertirse en aquel culo, de superarlo.

—Vaya trancazo.

Aquella mañana de octubre, en la taberna, Guillermo estaba constipado. Venía de visitar a su padre en Madrid. Más tarde supe que todos los encuentros con el padre le causaban abismos de fiebre y angustia que podían alargarse semanas. Ahora se tragaba los mocos sonoramente y daba pequeños sorbos a un cortado con doble de azúcar. Tenía una cara angulosa, con las facciones aglutinadas en un punto impreciso del centro. Combinaba pantalones tejanos con chaqueta tejana. Todo él era una unidad fibrosa y compacta. Parecía haber sido trasplantado de otra época, desde una foto en blanco y negro de la movida madrileña, o de un filme analógico de una zona de combate en los noventa. En Barcelona, en octubre de 2015, resultaba incongruente.

Cuando llegué a la taberna estaba enseñándole a Paul una página de veleros de segunda mano en el iPhone. Explicaba que iría a Turquía a ver uno, y que aprovecharía sus contactos con una revista de viajes para dormir gratis en los hoteles de lujo de la costa bajo el falso pretexto de hacer un reportaje promocional. Quizá aprovecharía para hacer cuatro fotos de refugiados. De vez en cuando levantaba la vista del móvil, midiendo el efecto de sus palabras, y sonreía como si ya te hubieras enamorado de él.

Ahí escuché por primera vez su plan de dejar el fotoperiodismo, comprarse un velero y dedicarse a navegar por el mundo. La reciente muerte de su madre le había dejado una herencia sustancial. Lo que más ilusión le hacía era perder de vista los corresponsales, editores y periodistas freelance con los que tenía que lidiar en las zonas de conflicto.

—A tomar por culo todos —repetía, ensanchando más y más la sonrisa—, yo me piro.

Aquella misma tarde me llama para quedar al día siguiente. Dice «cielo» contínuamente. Suena arcaico, exótico. A qué hora te va bien, cielo, venga, cielo, a las seis en Universitat. No tengo claro si me atrae, pero le digo que de acuerdo y me paso el resto del día intoxicada de anticipación y de una especie de euforia por haber sido escogida.

*　*　*

En la primera cita me lleva a comer a un kebab en la calle Joaquim Costa. Cuando nos acercamos al local pruebo una maniobra de última hora y propongo ir antes a tomar algo. Hay que encontrar un espacio oscuro y sensual, lejos del aroma a cebolla frita. En la barra de una coctelería vacía del Raval me bebo una caña mientras Guillermo me explica que es un exalcohólico abstemio, que no ha bebido una gota desde antes de los treinta. Tuvo una juventud extrema y descarriada que acabó cuando una tía lo recogió de la calle y lo ingresó en un reputado centro de desintoxicación. Cuando revelo que tengo veinticuatro años le noto una sombra de sorpresa en los ojos, pero en cuestión de segundos regresa la sonrisa imperturbable.

Más tarde, ya en el kebab, la salsa de yogur enrojecida por la remolacha chorreándonos por las muñecas, vuelve a detallar su plan de ir a Turquía este mismo viernes. Menciona hoteles de lujo y bañeras ovaladas con vistas al Egeo. Menciona a su amigo editor de un periódico estatal, que le publica cualquier cosa que le envía.

Por la noche me llama y me informa que iré a Turquía con él y que cuando quiera puedo comprarme el vuelo a Esmirna. Antes de colgar añade crípticamente que somos la misma persona.

La noche antes de volar no puedo dormir. Fumo un cigarrillo tras otro en el balcón que comparto con una amiga de la infancia en un piso del Camp de l'Arpa. Proyecto escenarios gloriosos, demasiado excitada para mantener una posición horizontal. Esperas toda una vida que alguien confirme que eres especial, y un día el legendario fotógrafo cazador de culos perfectos alarga el dedo y pronuncia las palabras Turquía, *refugees*, reportaje, cinco estrellas, velero. Te admite en su mundo de aventuras insólitas y te distingue entre la multitud.

Hago la maleta de madrugada, alejándome mentalmente de una vida pequeña y consumida por el miedo a la mediocridad.

* * *

Hace rato que ha oscurecido en Esmirna y la adrenalina empieza a remitir. En su lugar aparecen algunas consideraciones. Estamos persiguiendo una furgoneta, lejos del minibar y de cualquier posibilidad de intimar. El único indicio de que la furgoneta transporta gente hacinada es un presentimiento de Guillermo. Hemos visto el vehículo en una rotonda de una carretera secundaria y nos hemos puesto a seguirlo; eso es todo.

Tengo claro que es un hombre de instinto, que hay que seguirlo ahí donde te lleve sin cuestionarte nada. Pero es nuestra primera noche juntos y su mano derecha está ocupada con el cambio de marchas, a años luz de mi muslo.

Le pregunto cómo sabe que es la furgoneta adecuada. Sonríe sin perder la presa de vista.

—Cielo, las cosas son lo que parecen.

Me quedo paralizada en mi asiento. Todas sus afirmaciones me hunden en un vórtice de inseguridad y estupefacción. Parecen expresiones de una verdad fundamental que se me escapa, ahogada bajo años de lecturas y bienestar suburbano. Esta misma mañana, poco después de llegar a Esmirna, hemos detenido el coche de alquiler al inicio del paseo marítimo. Nos hemos quedado un rato observando el trasiego de turistas, locales y aspirantes a refugiados. En realidad yo observaba de reojo a Guillermo, que miraba la muchedumbre en actitud absorta. Me imaginaba cómo serían las imágenes sucediéndose en su córnea, evocadas por el murmullo lejano de la gente y el sol cenital de mediodía: tanques estallando a Kandahar, libios enloquecidos disparando al cielo, culos femeninos agachándose frente minibares en sucesión infinita. Todo con un filtro amarillento y el sonido amortiguado de los flashbacks televisivos. Finalmente emergió del letargo y dijo:

—El mundo está lleno de sitios.

En sí misma, la afirmación era indiscutible. Cuanto más pensaba en ella, más me parecía que captaba algo ineludible sobre nuestra condición pasajera. Ahora, persiguiendo a la furgoneta, tampoco me atrevo a responder nada. Me mantengo despierta, obediente y expectante, cuando llegamos a una calita y Guillermo apaga el motor, anunciando que esperaremos ahí un rato. Procuro no hacer ningún comentario que delate mi inexperiencia y no pensar en el hotel de gama baja donde hemos dejado las maletas, que ahora, en la oscuridad fría de esta vigilia incierta, me parece una especie de paraíso terrenal.

Cuando después de un tiempo indeterminado sigue sin pasar nada, Guillermo decide que ya ha tenido suficiente. Sin decir nada arranca el motor y emprende el regreso hacia el hotel. Coge las curvas con furia, acelerando a la mitad y hundiéndonos más y más en la noche. Reclino el asiento del copiloto y por fin cierro los ojos.

La ausencia de refugiados en la playa la atribuyo a un error en el sistema, un malentendido cósmico que en ningún caso tiene relación con un fallo en la intuición de mi acompañante.

* * *

Durante la semana las promesas del viaje se fueron materializando. Encontramos los campamentos improvisados donde los migrantes se preparaban para zarpar. Guillermo me hacía seguirlo a través de colinas y bosques apartados hasta que irrumpía en medio de un grupo de sirios, pakistaníes o afganos, dando la mano a todo el mundo como si fuera un político que llega tarde a su propio mitin. Hacía cuatro fotos acercando la cámara a pocos centímetros de los rostros desconcertados y yo hacía alguna pregunta a su paso. Mientras esperaban su turno, los migrantes comparaban partes meteorológicos y destinos de preferencia. Solo mencionó España un afgano de Kabul que aspiraba a trabajar de DJ en Ibiza.

El ambiente era expectante y esperanzado. Las salidas se producían de madrugada: metódicamente, sin mucho estruendo, y con la complacencia de la policía local. Simplemente, en un momento dado, las pateras sustituían a los veleros de regatas y a los windsurfistas.

En Bodrum, el pueblo de la costa donde apenas hacía unas semanas había aparecido arrastrado por la marea el cadáver de un niño de tres años, que alguien había fotografiado convirtiéndolo en un icono de la crisis migratoria, dormimos finalmente en el hotel de lujo prometido. La jefa de marketing del hotel, una mujer con un impoluto traje chaqueta rojo, aseguraba que hacía meses que no pasaba ningún migrante por ahí. Nos ofreció dos habitaciones lo bastante grandes para alojar tres familias medias cada una. La bañera era inmensa, suspendida sobre cuatro patas en medio de un baño minimalista con vistas al Egeo.

Por la tarde, ya duchada, esperaba que Guillermo llamara a la puerta. La espera era agónica por lo que tenía de incierta. Durante el día era metódico e indiferente, me trataba como si fuera una simple colega. Toda mi energía se iba en la tarea de fingir interés por el reportaje que nos ocupaba, y en disimular la angustia que me causaba tenerlo cerca y no poderlo tocar. Pero siempre acababa apareciendo y yo abría la puerta al instante, sin pensar en hacerme de rogar, como si temiera que fuera a evaporarse si lo hacía esperar un solo minuto.

*   *   *

Lo dejo de madrugada durmiendo en un hotel de Estambul. En el autobús de camino al aeropuerto empiezo a esbozar un esquema de la vida que nos espera a cada uno. Él avanzará hacia la próxima aventura –la próxima amante– sin mirar atrás. Yo volveré a las colaboraciones con la sección de cultura de un periódico local y a las cervezas en los chaflanes del Eixample. De repente la vulgaridad de mi existencia se vuelve insoportable.

Me resigno a seguir sus aventuras por Instagram. Dedico la jornada laboral a ampliar las fotos para detectar rastros de otras mujeres y a calcular la hora en China o en Iowa o donde se encuentre él en ese momento.

Este es el único entretenimiento que tolero. Ya no puedo ver series ni películas y sobre todo no puedo leer. Ahora que he conocido la Vida, los libros se han vuelto repulsivos. Leyéndolos te arriesgas a conformarte con un banal sustituto de la experiencia. Todos los volúmenes que acumulé antes de Guillermo ahora acusan una vergonzosa tara de carácter. Guillermo no ha leído un solo libro en su vida, hecho que anuncio con orgullo a quien quiera escucharme. Ni siquiera se lee el reportaje sobre Esmirna que acabo publicando en un diario español, junto con su foto de una mujer holandesa haciendo kitesurf entre los migrantes.

No tarda mucho en reaparecer. Al principio es alguna visita esporádica entre viajes. Me llama desde el aeropuerto preguntando qué planes tengo y el plan es siempre estar esperándolo. La vida es ahora una espera febril interrumpida de vez en cuando por sus apariciones. Cada vez me digo que podría ser la última. Pero pasan las semanas y sigue volviendo a mi habitación en Camp de l'Arpa.

Poco a poco entiendo que no vive en ninguna parte; distribuye sus pertenencias entre casas de amigos en el Vallès, Barcelona, Madrid y Lanzarote. Fantaseo con convertirme en el lugar al que vuelva para siempre. Hago cosas impropias de mí, como buscar recetas de sopa de calabaza e ir al mercado antes de sus visitas. Si viene de ver familiares en Madrid, sé que llegará en estado febril y que tocará hacer infusiones y caldo de pollo. Esta responsabilidad me infla de nervios y sensación de importancia.

Le cojo el gusto a decir que renunciaré a tener una carrera para seguirle en sus viajes. Digo cosas como que me casaré con él en medio del océano y disfruto de las reacciones escandalizadas de la gente. Las reservas que expresan amigos y conocidos me parecen pusilánimes y pobres de espíritu. Hay un punto dulce y excitante, incluso valiente, pienso complacida, en atreverse a ceder completamente.

*   *   *

—*This is Dubai* —anuncia el taxista mientras avanza a velocidad suicida por la entrada de Astana. Faltan aún tres años para que la capital de Kazajistán pase a llamarse Nur-Sultan en honor al presidente dimitido. En enero de 2016 Nursultan es presidente y Astana mantiene su nombre original, que quiere decir ni más ni menos que «capital». Técnicamente es una ciudad, pero parece la materialización del sueño de un niño-dios demente. En medio de la estepa de repente pirámides, inmensas mezquitas, avenidas flanqueadas por hileras de caballos rojos. Centros comerciales en forma de yurta albergan playas tropicales en la última planta. Ejércitos de trabajadores municipales barren la nieve de las aceras como quien barre el océano.

A mi lado, Guillermo intenta comunicarse con el taxista utilizando el traductor de Google. Venimos de Aralsk, un conjunto desolado de viviendas en lo que un día fue la orilla del mar de Aral. El mar de Aral había sido el mar interior más grande del planeta hasta que un plan soviético de irrigación lo desecó casi por completo. Ahora en lugar de olas hay un desierto gélido y cuatro armazones de barco oxidados que los locales utilizan como reclamo turístico. Los antiguos pescadores se ganan la vida acogiendo viajeros atraídos por la decrepitud, y les hacen de chófer entre los escombros marinos.

Volamos a Kazajistán el primer día del año porque a Guillermo le pareció una manera romántica de celebrar nuestros dos meses y medio juntos. Aun así, elaboré un plan por sí no se presentaba en el aeropuerto. Cogería discretamente la Renfe de vuelta a casa y no comentaría el tema con nadie. Era mi estado de ánimo prevalente; la relación tenía una calidad onírica e impredecible que impedía que la diera nunca por sentada. En cualquier momento él podía desaparecer, y dependería de mí conservar la dignidad y explicarme una historia que tuviera sentido.

El primer matrimonio de Guillermo acabó abruptamente cuando él cogió una cámara y se marchó a Sarajevo. Se había casado de esmoquin en Lanzarote, donde vivió un tiempo haciendo de windsurfista y de vendedor de horchata. No avisó a nadie de que se iba. Era a principios de los noventa y Yugoslavia se desintegraba: ese fue el inicio de su carrera como fotógrafo.

Este relato era para mí un recordatorio de que todo era incierto e inestable y que debía hacer todo lo posible para no quedarme atrás. Me enseñaría también que, de una manera perversa, la incertidumbre y la inestabilidad pueden ser adictivas.

En el vuelo Barcelona-Moscú inventó un relato de juventud en el que invitaba a cuatro chicas al apartamento del Eixample donde había hecho de enmarcador, antes de Lanzarote y la horchata y el matrimonio fallido. Las chicas estaban en un piso turístico con el que compartía patio interior y las vio a través de la ventana. Les comió el coño hasta el orgasmo a todas. Acurrucada a su lado en el avión de Aeroflot, yo deliraba de celos y deseo y descubría hasta qué punto los dos sentimientos pueden alimentarse el uno al otro.

Aterrizamos en el hotel de Almaty, un boceto de ciudad que había sido la capital durante la era soviética, y durante tres días no salimos de la habitación. Después insistí en ir a Aralsk a ver el mar desecado y los cadáveres náuticos. De entrada se negó («me parece una mariconada») pero acabó accediendo.

Para llegar a Aralsk había que coger un vuelo regional hasta Kyzylorda, una sórdida ciudad de provincias, desde donde salía el tren que en ocho horas llegaba al antiguo mar. Cada hora de trayecto te hundía un poco más en la desolación y hacía que te cuestionaras las decisiones que te habían llevado hasta allí. En la estación de Aralsk Guillermo negoció con un taxista-pescador un precio razonable para alojarnos en su casa, donde vivía con su mujer y una extensa prole. Después de acomodarnos, el taxista nos llevó hasta el único café con WiFi.

En el café me di cuenta de que había perdido el móvil, quizá en el tren o en el avión regional. Le pedí a Guillermo que me dejara utilizar su iPhone. Acabó de teclear una cosa y me lo pasó. El mensaje que acababa de enviar estaba fresco en la pantalla. Lo leí por encima mientras Guillermo se levantaba a buscar un café.

Palabras de amor inequívocas, hasta desesperadas, dirigidas inequívocamente a una mujer que no era yo.

Dejé el móvil en la mesa y salí a la calle. La taquicardia me latía en el cuello y los edificios parecían fachadas de cartón piedra de un decorado a punto de hundirse. Las veía caer a cámara lenta, en un movimiento perpetuo congelado en el tiempo. Deambulé a ciegas mientras crecía un pensamiento circular: estoy atrapada en este escenario macabro, sin móvil, con una persona que acaba de revelarse como un total desconocido.

El paseo duró media hora, o quizá fueron unos minutos. Cuando volví al café, me esperaba Guillermo junto al taxista que nos acogía y sus hijas, los cuatro montados en el 4 × 4 familiar. Me acomodé detrás, junto a las dos adolescentes con sombreros soviéticos de piel. Guillermo se giró desde el asiento del copiloto para preguntarme si pasaba algo.

Le explico desordenadamente que he leído su carta de amor.

Desbloquea el móvil y revisa el mensaje con calma. Después se vuelve a girar y dice:

—Pero ya me estoy divorciando.

Así me enteré de que Guillermo estaba casado con una productora del mundo del porno.

* * *

El clímax de esta historia es siempre el instante de la revelación. Hasta ese momento el arco es bien definido, el crescendo trepidante: las ocho horas de tren por territorio inhóspito, el pueblo desolado, el mensaje furtivo descubierto a traición. Todo el mundo empatiza con el momento concreto del desengaño, esa sacudida que empieza por el cuerpo y se va extendiendo a las cosas del entorno, haciéndote dudar del suelo y las paredes y otros elementos que hasta entonces habían parecido evidentes. El escenario, con el 4 × 4 del pescador y las chicas de sombreros soviéticos, ayuda a resaltar la extrañeza del momento.

Normalmente dejo aquí la narración y como mucho hago un salto de meses, hacia la primavera, cuando ya somos una pareja establecida que atraviesa Francia en coche en dirección al puerto de Ámsterdam.

La turbulencia de en medio es difícil de explicar. Queremos pensar que las decisiones irracionales las toman los demás y que nosotros actuamos con entereza, lucidez y amor propio. Después nos encontramos en medio del ciclón y el mundo se pone del revés. Lo que desde fuera parece una profanación imperdonable tiene ahora una explicación plausible. La decisión recta y evidente ahora resulta cobarde y la que habríamos dicho que implicaba negación y abyección denota generosidad y grandeza de espíritu.

Avanzamos a velocidad suicida por la entrada de Astana. Hemos huido de Aralsk y de alguna manera seguimos juntos. El traductor de Google falla y en lugar de decirle gracias al taxista Guillermo le dice *te amo*. Reímos expansivamente. Salimos a la ciudad congelada cogidos de la mano, en dirección a la playa artificial.

Guillermo me ha explicado que lleva un tiempo sumido en una separación caótica y dolorosa, y que ese mensaje es parte de un intercambio recriminatorio de mensajes antiguos con su ex. La ex es la propietaria del culo agachado frente al minibar que tantas veces he observado con avidez.

La excusa no tiene sentido, pero en casa del pescador kazajo, jugando en la moqueta con sus hijos pequeños, me he dado cuenta de que Guillermo está enamorado de mí. Es una realidad innegable que no puedo racionalizar. He decidido tragarme el orgullo y acallar las voces de alarma que suenan en un rincón remoto, y dar el salto de fe.

*   *   *

El día que cumplo veinticinco años hacemos el primer trío. No sé de dónde ha salido la otra persona y no se lo quiero preguntar. Todo pasa en un hotel en Madrid. Cuando se marcha, Guillermo y yo seguimos follando contra la pila del lavabo. Me miro la cara en el espejo. Es la cara de una adicta en éxtasis. «Por eso se engancha la gente», dice él.

Poco después encuentra su barco. Es un velero deportivo de 12 metros de la marca danesa X. Su propietario, un jubilado holandés llamado At, lo tenía aparcado hacía tiempo en una marina en Ámsterdam. Se quiere deshacer del barco para comprar uno más pequeño que puedan manejar entre él y su mujer.

Guillermo bautizó el velero con el nombre de su madre, Isabel, y empezamos los preparativos para instalarnos indefinidamente.

*   *   *

A las 7.58 de la mañana del 22 de marzo de 2016, dos bombas caseras estallan en la zona de embarque del aeropuerto de Bruselas. Poco después, a las 9.11, hora punta, explota otra en un vagón de metro cerca del Parlamento Europeo. En total mueren 31 personas. Los autores de los atentados se proclaman seguidores del Estado Islámico. Solo hace cuatro días que las autoridades belgas habían detenido a Salah Abdeslam, responsable de los ataques de 2015 en la sala Bataclan de París. Todo el continente se sitúa en alerta roja.

Una semana después conducimos hacia el puerto de Ámsterdam. El coche de Guillermo está hasta arriba de maletas, mantas, bolsas industriales con utensilios varios y ropa de agua. En Ámsterdam nos espera nuestro futuro hogar, el velero danés de doce metros de eslora. Las autopistas francesas están llenas de controles policiales. Los agentes esperan tras las áreas de servicio y las gasolineras. Registran maleteros aleatorios y se lanzan a la persecución de conductores sospechosos. Nos dirigimos hacia el norte escuchando el *Blood on the Tracks* y esquivando a los agentes motorizados que avanzan en zigzag por la autopista. Me gusta mirar a Guillermo mientras conduce, confirmar que se sabe todas las letras del álbum y tocarle la cara con el índice como para comprobar su consistencia.

Haremos una parada en Gante, una hora al noroeste de Bruselas. Guillermo quiere visitar a Bashir, un taxista afgano que se convirtió en su guía y acompañante durante sus estancias en Afganistán. Bashir le hacía de traductor e impedía que arriesgara la vida más de lo estrictamente necesario. Me lo imaginaba como una especie de Sancho Panza, orientándolo por territorio talibán y consiguiéndole café molido para pasar el mono entre incursiones. Al final se hicieron amigos. Guillermo utilizó a sus contactos en la embajada española para conseguirle un salvoconducto hacia Europa. Gracias a estas gestiones, Bashir se saltó el trance de la patera en Esmirna, el cruzar fronteras balcánicas a pie, la cadena de campos de refugiados. En cambio, cogió un vuelo directo a Occidente. Hacía dos años que vivía en Gante con dos hermanos menores, su mujer y sus cinco hijos, tres nacidos en Bélgica, uno de los cuales era un bebé.

Cuando lo visitamos la primavera de 2016, Bashir tiene treinta y seis años y trabaja en la cadena de montaje de una fábrica en las afueras de Gante. El interior de su casita adosada de tres pisos es una réplica exacta de su hogar en Kabul. Forrada de alfombras afganas, tiene como única decoración una shahada, la profesión de fe islámica, escrita en árabe clásico y enmarcada en la pared blanca: «No hay otro

Dios que Alá y Mohamed es su profeta». Bashir y sus hermanos adolescentes reciben a Guillermo con todos los honores. Nos sentamos en círculo en las alfombras, bajo la shahada, y acto seguido los hermanos despliegan una ofrenda ritual de almendras y té afgano, dulce y mentolado. Los hombres se ponen al día de la última hora en Kabul y rememoran las anécdotas más extravagantes de Guillermo. Comentan las dificultades de ser un inmigrante musulmán el día siguiente de un atentado terrorista. Bromean con el hecho de que la violencia los persigue ahí donde van.

La vida en el suburbio belga es agridulce. A Bashir no le gustan los europeos: cuando le pregunto qué opina de ellos, cruza los antebrazos en el pecho.

—Aquí nadie se ayuda; no es como en Afganistán.

Critica de los europeos una especie de actitud blanda e invertebrada ante la vida, la debilidad de sus vínculos familiares, y su impudicia generalizada, concretada en la figura de una mujer que ha visto trabajando en una gasolinera aquella misma tarde. La forma en que la sociedad trata a las mujeres le parece particularmente perversa.

—Las ves deslomándose como si fueran hombres, malviviendo, dejándose el físico. En Afganistán las mujeres no se ven obligadas a trabajar: son libres de hacer lo que quieran.

Mientras charlamos, uno de los hermanos entra y sale de la cocina con bandejas de comida humeante. Arroz al vapor con cordero, berenjena rellena, empanadillas de carne y queso, montañas de pan de pita. La cocinera, la mujer de Bashir, está escondida tras la puerta que da acceso a la cocina. No sale en ningún momento. El recién nacido está en una cuna en la sala, con nosotros, y cuando se pone a llorar hacia el final de la velada nadie le hace caso.

Paseando después por Gante, me quedo atrás con los hermanos de Bashir. Postadolescentes, no tienen el aire de agotamiento y derrota de su hermano mayor. Sus impresiones del país de acogida son mucho más luminosas. Hablan de lo que quieren estudiar y de las oportunidades que se multiplican ante ellos: la amabilidad y paciencia de todos a quienes han conocido: la posibilidad de intimar con chicas de su edad. Hablan con recelo de la intención de su hermano de enviarlos a casarse a Afganistán.

Al día siguiente por la mañana, mientras holgazaneamos en el hotel, Guillermo llama a Bashir y pone el teléfono en modo altavoz.

—Ya verás —y me indica con el índice que calle y escuche.

Después de intercambiar formalidades y agradecerle el banquete de la tarde, Guillermo le pide sus opiniones reales de Occidente. Bashir es más tajante que la noche anterior. No quiere que su descendencia crezca rodeada de tal decadencia moral. Vuelve a la mujer que vio trabajando en una gasolinera, ligera de ropa, mostrando carne como una puta ante la impasibilidad de los peatones.

—¿Qué haríais con una mujer así en tu pueblo?

—Ya sabes lo que haríamos.

Guillermo pregunta si su destino sería la lapidación.

—Mmmh, ya lo sabes. —Bashir se ríe.

Guillermo me mira con una sonrisa exultante.

* * *

A Aaron toda la ropa le cae como si alguien la hubiera lanzado sin mirar encima de un maniquí. Es un surfista australiano arquetípico, alto y desgarbado y generalmente descalzo, que coincidió unos días con Guillermo haciendo surf en Indonesia. Durante esos días, Guillermo le convenció para que se uniera a la vuelta al mundo en velero que empezaba a proyectar. Por motivos insondables, le pareció buena idea.

Muchos meses después, Aaron se planta en el aeropuerto de Ámsterdam con una almohada bajo el brazo. En la mochila lleva un par de calzoncillos y un montón de bolsas herméticas llenas de polvos nutritivos. Nunca ha navegado y solo conoce al capitán de un par de conversaciones vagas en la playa. Nos acompaña a comprar provisiones, a reunirnos con mecánicos holandeses y viejos navegantes de la marina que nos explican anécdotas sobre sus travesías atlánticas. Uno de ellos dice que el problema de navegar solo es que pronto te das cuenta de que tu acompañante te cae mal. Otro nos recuerda que llevar mujeres a bordo trae mala suerte.

Aaron parece siempre abatido y fuera de lugar. El frío de Ámsterdam es intolerable para su piel habituada al sol subtropical. A menudo me lo encuentro tirado en el camarote haciéndose el muerto, mirando el techo con la mirada vacía. Guillermo observa con recelo mis intentos de acercarme a él y hacer que se sienta cómodo. Pronto empieza a irritarle su presencia y a pegarle broncas arbitrarias.

De esto último, de la arbitrariedad de las broncas de Guillermo, no me doy cuenta hasta muchos años después, mirando desde la distancia los vídeos de aquellos primeros días en Ámsterdam. Hay horas y horas de vídeo embutidas en un montón de discos duros. Son de largo los más tediosos del viaje. Esos primeros días lo filmo absolutamente todo: comidas, conversaciones en el coche, momentos en blanco en la bañera. Pienso que si dejo de filmar puedo perderme una interacción clave o un matiz importantísimo para el desarrollo de los personajes. Para justificar la decisión de unirme al viaje abierto de Guillermo me he dicho que sacaremos un documental. Este pensamiento suaviza la culpa de ser esencialmente una acompañante mantenida, de haber dejado una carrera incipiente y de no tener mucho que aportar mientras nos preparamos para zarpar.

Aaron, Guillermo y yo salimos del puerto de Ámsterdam a principios de junio de 2016. Busco en los vídeos inspiración para relatar aquellas semanas de tensión, mareo permanente y tedio seguido por estallidos puntuales de pánico.

Encuentro unas notas de los primeros días navegando por el Mar del Norte:

10 de junio

Navegar es la única actividad que al mismo tiempo es monótona y te mantiene en tensión. Parece que todo es plácido y en su sitio y de repente algo falla y se crea una situación de peligro mortal. G no está acostumbrado a capitanear y en situaciones críticas pierde los nervios. Lo he visto en estado de pánico en al menos tres ocasiones. También es verdad que recupera el control rápidamente y hace lo que hay que hacer. Pero nunca lo había visto tan vulnerable. Lo imaginaba como una especie de superhombre ajeno al miedo, a los nervios, a los celos, y ahora está ocupando su lugar entre los mortales.

El mar es hipnótico, una superficie plateada que ondula, etc., pero debe pensarse como ácido sulfúrico que te consume en cuestión de minutos si caes. En *El mar interior*, Philip Hoare explica que antiguamente los navegantes no aprendían a nadar porque en caso de caer al agua era solo una forma de alargar la agonía.

11 de junio

A 28 millas de Cherburgo por el Canal de la Mancha, 6,4 nudos, a motor con la mayor y la génova. Ha sido la primera noche navegando. He hecho guardia hasta las 2 am aprox. mientras Aaron dormía en el camarote y G en cubierta. Durante la guardia me ha asaltado la ansiedad y los viejos pensamientos nocivos. Sentimiento de culpa por haberme desvinculado de todo (de todos) y estar recorriendo el mundo en una inmensidad negra. Opresión en el pecho, pulmones a medio gas etc.

Philip Hoare escribe que «el horizonte es solo una invención de nuestros ojos y nuestro cerebro con la que intentamos dar sentido a la inmensidad y ubicarnos». Ahora mismo la ilusión de los sentidos es que avanzamos por un círculo gigante y perfecto, como un bol rebosante del que no se ven los bordes.

17 de junio

Guernsey, UK. Hay momentos tensos y de ansiedad. Me entró ayer cuando llevaba el timón. Quizá por la monotonía del mar, el frío, el vacío de las horas que quedaban por delante en cierta incomodidad y tensión. Hicimos el tramo Cherburgo-Guernsey en más de 12 horas. Nos retuvo la corriente fortísima del Canal de la Mancha. Hicimos todo el tramo con el viento de popa, escorando. G sigue angustiándose al capitanear y nos contagia la tensión. Llegando al puerto ayer de noche discutió con Aaron, por primera vez abiertamente. Ya hacía unos días que se olía el estallido, de hecho a mí me sorprendía la resiliencia de Aaron ante las críticas constantes de G, en ocasiones del todo injustificadas. Aaron está decaído y aletargado. Los cuatro días que pasamos G y yo en París, del 12 al 15, él se los tiró en el abominable puerto de Cherburgo, pasando frío, aburriéndose y torturándose al pensar que podría estar haciendo surf en una playa de Indonesia. En cambio estaba atrapado ahí, en aquel pueblecito francés sufriendo con «all that stressful sailing», como me lo ha descrito hace un rato. Se ha desahogado un poco respecto a la arbitrariedad de las broncas de G. Lucha contra el arrepentimiento de estar aquí, quiere creer que valdrá la pena por todas las cosas maravillosas que veremos por el mundo. Pero se le ve apagado, pendiente del móvil... conozco demasiado bien la sensación como para no reconocerla.

No he visto nada de Guernsey, aparte de numerosos ingleses borrachos o en proceso de estarlo. Aquí en St. Peter había un castillo y un cartel indicaba la casa de Victor Hugo, pero no me he acercado ni a uno ni a la otra. Las islas del canal fueron el único territorio británico ocupado por los nazis, y tienen su propio idioma, pero hoy tenía demasiada ansiedad como para interesarme demasiado por nada.

Navegar también es:
- Emitir un olor semiputrefacto de ropa húmeda
- Silencios incómodos y no incómodos
- Permanente náusea de baja intensidad

* * *

En el puerto de Getxo nos visita el padre de Guillermo. Visto de cerca, el famoso jerarca de la industria armamentística parece un anciano débil, encogido y amarillento como un pergamino viejo. Guillermo nos presenta, y el padre le responde sin mirarme:

—¿Y ya te cocina bien, esta María?

Guillermo le enseña el interior del velero. Empezamos a recoger para ir a comer a un restaurante del puerto y el padre dice, señalándome con un movimiento de la cabeza:

—Ah, ¿esta viene?

Aguanto los dardos sin inmutarme porque me repito que al fin y al cabo es tan solo un personaje. Su único poder sobre mí sería hacerme creer que es una persona real. Consigo mantener la indignación reducida a un latido imperceptible en el cuello. Me concentro en el objetivo de la comida: acabarme la ensalada, mostrarme vacía e irrelevante, sostener la conversación a base de generalidades y lugares comunes.

Finalmente Guillermo emprende lo que queremos que sea una escena clave del documental. Sin darle tiempo a reaccionar, le pone la cámara en la cara y pulsa el botón de grabar.

—Mi pregunta es: padre, ¿cuál es tu sueño?

Mirando el vídeo años después me doy cuenta de que la voz de Guillermo tiembla un poco al hacer la pregunta, y de hasta qué punto se parecen padre e hijo. La cara delgada y endurecida, los ojos finos como trazados con una navaja que miran la cámara inexpresivos, segundos antes de responder:

—¿Mi sueño? Tener salud. Y morirme pronto.

* * *

7 nov Leonard Cohen
8 nov Donald Trump
25 nov Fidel Castro

En el tiempo que pasamos vegetando en Lanzarote, Donald Trump gana las elecciones presidenciales en Estados Unidos y mueren, con dieciocho días de diferencia, Leonard Cohen y Fidel Castro. Anoto estas y otras fechas en una libreta, esperando algún tipo de revelación. Hemos llegado a Lanzarote después de pasar por el País Vasco, Ribadeo, las Cíes, Vigo, Bayona, Lisboa y Madeira. Los tripulantes han ido y venido. Aaron hace tiempo que ha vuelto a sus olas australianas, harto de Guillermo y del estrés de la navegación.

En Lanzarote esperamos a que se alineen los alisios para iniciar la travesía hacia el Caribe. He aprendido que los alisios son unos vientos que «provienen de las latitudes subtropicales, soplan en dirección a Ecuador y son desviados hacia el oeste por el efecto de la rotación terrestre». Guillermo ha complementado esta información wikipédica con algunas explicaciones gráficas. Unas semanas antes de la Navidad los alisios soplan suavemente en dirección oeste y propician una travesía cómoda y veloz; el resto del año hay el riesgo de quedarse atrapado en la calma chicha o sucumbir a los frecuentes huracanes. Como los surfistas locales, y como los migrantes de Esmirna, miramos cada día los partes meteorológicos. Cada día nos muestran borrascas terribles que en el mapa parecen hematomas feos, y decidimos posponer la partida.

Lanzarote es una roca negra hecha de sedimentos volcánicos, una especie de pospaisaje donde todo es yermo y seco y caliente. Nos hemos instalado en una casa que compró Guillermo para realquilar a turistas. Está en Los Valles, cuatro viviendas deshabitadas en medio de la nada. Solo pasea por allí con su rebaño un pastor de cabras de aspecto milenario. No tiene dientes y solo ha salido una vez en la vida de Lanzarote, para hacer el servicio militar en Tenerife, pero no cree que se haya perdido nada que no haya podido aprender en Los Valles. La casa de Guillermo es un antiguo establo restaurado, con paredes gruesas de piedra y un jardincillo interior con piscina. El aislamiento y el silencio son absolutos excepto cuando pasan las cabras. Chillan con un lamento colectivo e hiperoxigenado, como de bancada hooligan después de que el equipo falle un penalti clave.

Aunque estamos en tierra firme, Guillermo es prácticamente el único ser humano con quien me relaciono. Esto le da una calidad irreal a la rutina, y una sensación de estar dentro de un iglú, cada vez más ajena a las relaciones interpersonales básicas. Me he acostumbrado a existir bajo el ala de Guillermo, a acompañar al actor principal. Mientras él surfea, yo camino durante horas campo a través o me siento en la playa a observar el gentío. Anoto en la libreta: «Los turistas en Lanzarote están todos cortados por el mismo patrón. Cortos de estatura, quemados, gordos —pero de una gordura europea, de vientre hinchado por los refritos y la cerveza— y con expresión de insolencia ignorante. Se mueven como si les diera pereza vivir y tuvieran en todo momento una queja preparada». Anoto: «Los surfistas son la tribu endémica de la isla. Protegen sus olas con una ferocidad incomprensible para quien se encuentra fuera de su guerra de egos. Se pinchan mutuamente las ruedas del coche. Hace poco rompieron las piernas a un extranjero que venía a probar una ola local».

Anoto en la libreta: «Romerías, despedidas de soltero, partidas de cazadores con perros de presa buscando perdices y conejos. Los collares de los perros sirven para darles descargas eléctricas cuando se alejan demasiado. Cuando ya no les son útiles, los atan a una roca a la cima de la montaña y los dejan morir de hambre. Escribe Aleksiévitx que los animales merecen que se escriba su propia historia del padecimiento, que algún día alguien lo hará. Dudo que ese alguien sea de Lanzarote».

He encontrado la cita de Aleksiévitx porque ya hace un tiempo que hice el clic, y eso me ha permitido volver a leer. El clic no aparece al principio como un cambio drástico sino como un retorno discreto al fluir habitual de la conciencia. Al principio es fácil de confundir con un estado de ánimo pasajero. Lo detecté por primera vez un día mientras Guillermo me penetraba: de pronto me di cuenta de que no estaba mentalmente ahí, simplemente esperaba a que acabara para poder seguir con mi día.

Aún no lo he aceptado, pero la fascinación y el deseo se han desvanecido y los he reemplazado por una imitación sutil y verosímil de la fascinación y el deseo.

El desencanto ha llegado de forma tanta repentina y aparentemente inexplicable como lo hizo la infatuación. Su existencia nómada ya no me deslumbra, me parece más bien triste y desordenada, y ya no veo admiración en las caras de los conocidos a quien explica sus aventuras, sino algo ambiguo que se acerca más a la compasión.

Un pequeño bache, me digo aún, posiblemente el primero de los muchos que caracterizan las relaciones largas y estables. Nunca he tenido ninguna relación larga ni estable pero parece una asunción razonable.

Anoto en la libreta: «Hace un año del viaje a Turquía, la furgoneta blanca de Esmirna y las noches en hoteles de lujo en Bodrum. El periódico griego *Kathimerini* anuncia que por primera vez desde entonces no se han registrado nuevas llegadas de migrantes a las islas».

* * *

En diciembre, tres meses después de llegar a Lanzarote, desaparecen las manchas feas de los mapas meteorológicos. Improvisamos una tripulación de última hora. Gonzalo, windsurfista y operador del remolque de Lanzarote; Carol, camarera que conocimos en Galicia y que se ha enrolado como cocinera oficial; y Lucas, un mecánico de barcos ibicenco a quien encontramos vagando por el puerto.

Gonzalo resultará tener una habilidad prodigiosa para no estar nunca presente cuando se lo necesite. Una mañana lo encontraremos inconsciente durante su turno de guardia, tumbado boca abajo con un hilo de sangre saliéndole por la oreja. Se despertará fresquísimo y sin daños cerebrales aparentes, y nos explicará que se ha caído después de golpearse la cabeza contra la botavara, manteniéndose dentro de los confines del velero solo por intervención divina. Guillermo le prohibirá toda actividad proactiva y el resto de la tripulación se unirá en el resentimiento contra él.

Carol descubrirá pronto que la rutina de la navegación le resulta intolerable y caerá en un sopor depresivo, empeorado por el mareo y una tensión creciente con Guillermo. Un vídeo la mostrará bailando con su peluche, un muñeco rosa llamado Rocasolano. Su presencia será esencial para mi salud mental. Observará mi relación con Guillermo y me habituará poco a poco y con tacto a la idea de un final próximo.

El pensamiento de que podamos caer por la borda atormentará a Guillermo durante toda la travesía. Repetirá una y otra vez que tenemos que pensar en el agua como ácido sulfúrico. Durante las guardias se asegurará de atarme el arnés a la línea de vida, después me recordará que si cayera me ahogaría igualmente. Un día despertaré de una cabezada nocturna para encontrármelo sentado con el traje de agua, una linterna atada a la cabeza, observándome con la mirada muerta. Será hacia el final de nuestra guardia conjunta y habrá un brillo plateado en la cresta de las olas. Hablará entonces con la voz melosa y aguda que utilizamos en ocasiones cuando nadie nos escucha:

—He pensado en tirarme pero me ha dado pena por ti.

* * *

7 de diciembre

N 25° 50.343'
W 18° 43.147'

15.32 h. Lo más importante es mantener las pequeñas rutinas de higiene y nutrición. Lavarse los dientes, dormir con pijama y comer alimentos frescos son el 70% del estado de ánimo. Hoy me he duchado por primera vez, en cubierta, y estoy pletórica. Hemos cogido una buena racha, hace más calorcito a medida que nos acercamos al Ecuador y ya estamos encaminados hacia la *south route*. Ahora mismo me da igual si tardamos 15 días o 20. En las guardias nocturnas es diferente. En especial el momento en que nos arrancan del sueño y tenemos que ponernos el traje de agua y pasar cuatro horas en cubierta —me entra el desasosiego y la sensación de absurdo. Mientras yo hago guardia y G duerme en la bañera repaso uno tras otro todos los asuntos que he dejado en standby. Más que pensar activamente en ellos me veo atrapada, me arrinconan cuando no tengo ninguna distracción donde refugiarme. Pero esta madrugada los delfines han estado saltando a mi alrededor durante toda la guardia.

La monotonía de los turnos de guardia tiene algo reconfortante, el confort del orden y de saber cuál es tu lugar.

Ayer fue un día entretenido. Se nos embozó la salida al mar del depósito de mierda y cuando G y Lucas intentaban arreglarlo, el agua llena de mierda se esparció por toda la sentina (donde guardamos la comida). El día consistió en limpiar latas, botes de conserva, bolsas de cereales, paquetes de Dinosaurios, azúcar, pasta, arroz. Solo se salvaron de la tragedia la fruta y la verdura, que colgamos del techo en unas redes. Al final Lucas se lanzó al agua y descubrimos que el problema había sido desde el principio la salida exterior y toda la fuga de mierda había sido totalmente evitable e innecesaria.

9 de diciembre

Me pongo a prueba intentando describir la belleza inmensa y absurda que tenemos alrededor. Todo suena cursi y forzado. El mar metálico del anochecer y el sonido de papel maché que hace el gennaker al deshincharse y llenarse de viento. Estamos en el sexto día de travesía y hemos avanzado poco. De vez en cuando miro el plotter y nos veo aún pegados a la costa africana. Poco viento y a rachas irregulares. Dice G que más al sur engancharemos el alisio y nos llevará volando hacia el Caribe en menos de doce días. Yo creo que pasaremos la Navidad en alta mar. Tampoco me preocupa. Hay cierta armonía entre la tripulación, seguimos una rutina tranquila y agradable. Tareas como lavar la ropa, cocinar o ducharse se convierten en actos centrales del día. Carol cocina, Gonzalo es una especie de alivio cómico con su sombrero de cowboy, sus duchas constantes en popa con el bañador speedo ajustado y su manía de comer plátanos constantemente. Durante las semanas previas a la partida ya nos hicimos a la idea de que tenía una personalidad especial; no acaba de entender y adoptar los códigos básicos de las relaciones interpersonales, le cuesta aprender y asumir conceptos nuevos. Ahora no entiende que tiene que moderar su hambre infinita si no quiere dejarnos a todos sin provisiones. A mí me hace gracia su buen humor inquebrantable, inalterado por nuestras broncas constantes.

11 de diciembre

N 21° 49.114'
W 28° 51.653'

20.05 h   Hemos cogido el alisio, por fin, y volamos hacia el Caribe. El mar está enloquecido, nos arroja hacia todas partes. Hoy hemos pescado un pez largo y rayado, de colores vivos, que ha estado agonizando largamente en cubierta antes de que lo troceáramos *in situ* y lo dejáramos en la nevera en una bolsa de congelados de Ikea. Es el octavo día a bordo, el primero en el que se han extendido los silencios y las caras de cansancio. Gonzalo se revela más y más inútil cada día. Su presencia es un estorbo, nunca se presta a ayudar y cuando lo hace acostumbra a empeorar la situación.

12 de diciembre

N 21° 55.228'
W 30° 51.008'

Se ha acabado el agua del depósito. G intenta poner en marcha la purificadora de agua. De esto dependen las duchas y la higiene general de los próximos días. El viento ha bajado un poco y nos permite una guardia matinal tranquila. Leo *Esperando a Godot*:

«En medio de esta inmensa confusión, una sola cosa es cierta: esperamos a que venga Godot».

«Las mujeres dan a luz a caballo sobre una tumba, el día resplandece un instante, y enseguida vuelve la noche».

«Siempre encontramos alguna excusa, ¿verdad, Didí?, para tener la impresión de que existimos».

19 de diciembre

N 19° 15.7003
W 47° 53.6384

09.00 h. Hace unos días —no sé cuántos, ya no calculo el tiempo en jornadas sino en turnos de guardia de 4 y 6 horas— que el viento empezó a soplar sin tregua, entre los 20 y los 30 nudos, con un mar picado y desordenado que nos lanza de lado a lado sin descanso. Esto nos hace ir más lentos, vamos con menos velas desplegadas. Cuesta dormir dentro, los ruidos y los movimientos son abrumadores y obsesivos, parece que fuera haya llegado el Apocalipsis. La falta de sueño y el movimiento constante nos vuelven irritables y pesimistas. Ayer Carol se pasó el día entero en el camarote, deprimida, compadeciéndose. Ya hace días que ha desistido de su rol de cocinera. Todo recae sobre G, que también bordea la depresión. La tensión de llevar bien el barco, el insomnio forzado, lo agotan. Yo pasé un par de días entre apáticos y ansiosos, después ha venido una agradable indiferencia, incluso cierto optimismo. Los ánimos de la crew se derrumban, el viento nos desgasta el sistema nervioso, pero yo leo y mantengo la cordura y la perspectiva. El océano no está hecho a medida humana, lo sobrevolamos para olvidar que existe, las distancias y la indiferencia del entorno se nos hacen insoportables. Estamos a más de 800 millas de Antigua y nos queda casi una semana por delante.

*   *   *

La isla de Guadalupe se prepara para la Nochebuena bebiendo ron con jengibre y azúcar de caña. Llegamos una madrugada húmeda, el puerto está vacío y silencioso y al pisar el pantalán me tiemblan las piernas como después de un orgasmo. Siento un alivio y agradecimiento profundos: hemos vuelto al elemento conocido, y a la posibilidad de huir. Durante tres días no salimos del puerto, una burbuja de lujo blanco en este enclave colonial francés del Caribe. El calor te absorbe, el aire pesa, es difícil moverse o ser resolutivo. Emprendemos con laxitud la tarea de reparar las partes dañadas del velero.

Las tensiones que han empezado a cocerse en la travesía estallan al llegar a tierra. Guillermo y Carol se insultan como personajes en una telenovela mexicana; Gonzalo es expulsado por acuerdo unánime. Una semana después nos lo encontramos en un supermercado, con la cara hinchada y los ojos rojos, un pack de yogures en la mano. Nos dice que ha estado durmiendo en un coche de alquiler. El día siguiente es Nochevieja y sentimos cierta compasión cuando nos lo imaginamos sorbiendo yogures solo en el coche, pero ninguno de nosotros contempla la posibilidad de invitarle.

Expuesta al calor del trópico, mi relación con Guillermo se empieza a pudrir. Me he convertido en una presencia fúnebre. Deambulo por el puerto con la mirada pegada al móvil, escrutando los logros profesionales de compañeros de promoción. Analizo los reportajes publicados, las promociones laborales, el número de seguidores en Twitter. A la envidia se le suma una autoflagelación perversa. Con veinticinco años ya debería ser alguien, pienso. ¿Qué es ser alguien? Si lo fuera lo sabría; no tendría esta sensación general de alarma y fracaso, ni esta sospecha de estar desaprovechando años cruciales en una búsqueda pueril. El tiempo de tregua se ha agotado. Hace falta estar a la altura. En cambio aquí estoy, adormilada en una isla perdida, mantenida por la herencia de un novio sénior pero sin ser capaz de disfrutarlo despreocupadamente. Cada palmera caribeña y cada playa de postal me recuerdan que estoy desconectada de los asuntos de mi tiempo, fracasando en el amor y hundiéndome poco a poco en la irrelevancia.

Muchos años después, Paul me explicará un día que de camino a recoger a su hijo lo pararon un grupo de niños con una cámara de vídeo. Hacían una actividad escolar, que consistía en preguntar a la gente de la calle cuál era su mayor miedo. Paul les respondió con un gran circunloquio filosófico sobre las angustias propias de la adultez, el miedo a todo aquello que es imprevisible e incontrolable, a la muerte propia y la de los seres queridos. Pensando cuál sería mi respuesta, dije automáticamente: la irrelevancia. Después añadí: la soledad.

La primera respuesta es vergonzosa por poco original. En algún momento te das cuenta de que el miedo a la mediocridad no es ninguna distinción sino un virus que aflige a todo el mundo por igual, al margen del talento, el ingenio o la vocación, y que raramente es un motor para el

éxito o la paz de espíritu. Si garantiza algo es una insatis-
facción permanente, interrumpida de vez en cuando por
elogios puntuales al ego. E incluso en los momentos álgi-
dos se cierne la amenaza de la caída, la insignificancia, el
olvido.

En Guadalupe la inseguridad se me instala en la garganta como una nuez de Adán. Los alicientes del viaje se
han acabado de disolver durante la travesía atlántica. Ya no
deseo a Guillermo, y solo me vincula a él un sucedáneo
de afecto indistinguible de la culpa. No contemplo la posibilidad de que nuestra historia pueda simplemente aca-
barse. Al habernos querido, hay implícita la obligación de
seguir queriéndonos: romper este pacto es una puñalada
ruin, un fracaso grandioso. Me digo que tampoco es una
tragedia, vivir protegiendo la felicidad de otro sin esperar
grandes satisfacciones.

Empiezo a formular una idea deprimente sobre el amor.
Hay casos en que los astros se alinean, en que dos personas
se encuentran en igualdad y acceden a un plan superior de
conexión. Pero experimentar este instante es tan poco pro-
bable como atrapar los alisios en el momento adecuado; el
azar es cruel y la ventana es estrecha y todo lo que queda
fuera es un deslizarse sin transición entre el huracán y la
calma chicha, entre la euforia y el aburrimiento.

Sueño que dejo a Guillermo y vuelvo a Barcelona y al
día siguiente estoy en el tanatorio, donde me dicen que se
ha matado, ciego y enloquecido, tras meterse en una pelea
horrible y caer por un agujero.

La discusión empieza mientras conducimos por la plaza
de la Victoria de Pointe-à-Pitre. Voy sentada detrás porque
la mitad derecha del coche de alquiler está ocupada por una
tabla de surf. El calor húmedo se nos extiende por dentro
como una fiebre, haciéndonos sentir atrapados y derrota-

dos. Nos detenemos a comprar mangos en un mercado de fruta que resulta ser una trampa para turistas, y Guillermo vuelve al coche quejándose de los precios desorbitados. Yo le recuerdo que es rico, posiblemente millonario. Le digo que su mezquindad es inaguantable. La discusión se encona. Nos gritamos el uno al otro desde nuestra ridícula posición en el coche de alquiler, uno delante y el otro detrás, la tabla de surf atravesada al lado. Los insultos y los reproches no consiguen tapar el agujero negro en medio de todo, la incapacidad de ser y hacernos felices.

Más adelante, mientras circulamos agotados y en silencio por la isla, detenemos el coche frente al puerto para contemplar la masa de turistas que emerge de un crucero transatlántico como un puré denso y blanquecino. Me aferro al pensamiento desesperado de que quizá somos, al fin y al cabo, diferentes.

Le acaricio el cuello por detrás y pregunto, en un susurro con regusto a pánico:

—¿Verdad que nunca seremos como ellos?

*   *   *

Llevamos a la relación a morir a un apartamento lleno de muebles de gama baja de Ikea en el barrio de la Ribera de Barcelona. Se llegaba subiendo una escalera opresiva, donde te cruzabas de vez en cuando con señoras hostiles que arrastraban carros de la compra con gran dificultad. El propietario era un italiano turbio, que nos aceptó como inquilinos porque Guillermo le pagó seis meses en efectivo. Había dejado el barco en el Caribe, a cargo de Lucas, el mecánico, para seguirme hasta Barcelona y reavivar la ilusión que teníamos de un futuro juntos. Después encontró la manera de no estar nunca. Siempre había que fotografiar alguna competición surfista en Lanzarote o cubrir algunas elecciones para el periódico de ámbito estatal.

En el bar de menús de la plaza de abajo buscan gente para la barra. Una tarde paso por allí y me ofrecen quedarme a hacer una prueba. Un estudiante de Humanidades me enseña a tirar cañas y a preparar capuccinos y a poner en marcha y vaciar el lavavajillas a velocidad óptima. Pagan en efectivo al final de cada jornada. Guardo los discos duros llenos de horas de vídeos de navegación y me entrego con gratitud a la nueva rutina, una rutina previsible y reconfortante que va del sofá al bar de menús y de vuelta al sofá. Miro sitcoms americanas de principio a fin y empiezo a conocer a los vecinos de la escalera. La de enfrente es una señora de Orense que cada tarde fríe solomillos rebozados para su hijo de cuarenta años. Su cocina está abierta al rellano y el olor a refrito se cuela por mi puerta cada tarde a las ocho, con una precisión kantiana, y me hace compañía mientras busco la manera de realizar la llamada. Nunca es el momento adecuado y decido esperar hasta el día siguiente.

Al final la llamada llega sola y es breve y expeditiva. Guillermo me explica que necesita que lo deje de una vez para seguir con su vida. Al día siguiente recojo las cosas y me instalo de nuevo con mi amiga en el piso del Camp de l'Arpa. El propietario mafioso indica que le deje las llaves a la vecina de Orense. Pasan tres semanas hasta que me decido a ir.

La vecina no está. He lanzado las llaves por la ventana abierta de su cocina, aliviada por no tener que darle explicaciones. Me la he cruzado acto seguido en las escaleras, las subía con lentitud, empujando pesadamente las piernas moradas escalón a escalón. No sabía nada de mi marcha. No le ha extrañado no verme en casi un mes.

—El otro día sí que escuché que venía el chico y daba unos portazos fuertísimos y luego volvía a irse.

—¿Daba portazos?

Me he imaginado a Guillermo entrando solo con la pena y la rabia, odiando aquel piso que habíamos cogido para los dos, y he notado con horror como se acumulaban las lágrimas mientras la vecina me contaba en la penumbra de la escalera que mi hijo nunca mira el correo electrónico, quizá le avisaron por correo que vendrías a dejar las llaves pero claro, llega a casa cansado y a las nueve ya está en la cama y cómo te explicas tú que alguien joven como mi hijo no mire el ordenador. Me ha intentado consolar explicando que después de divorciarse de su marido siempre ha querido estar sola, los hombres son incapaces de madurar, siempre quieren estar por encima de ti, yo odio a los hombres y eso que siempre he trabajado con ellos. La señora hablaba y hablaba mientras las escaleras se estrechaban a nuestro alrededor y empezaba a faltar el oxígeno y era necesario huir, correr en dirección contraria. Con la mirada ya puesta en la calle le he dado dos besos y las gracias por todo.

*   *   *

Tres años más tarde acabo un documental breve sobre el viaje fallido y la relación fallida y se lo envío a Guillermo para saber su opinión. Me interesa que lo encuentre justo y equilibrado pero también necesito su consentimiento firmado para que el medio lo publique. Hay algunas cuestiones delicadas: su padre, el traficante, está siendo investigado en calidad de artífice de una trama de corrupción con ramificaciones globales. La fiscalía pide hasta 29 años de prisión. Camino arriba y abajo por un comedor minúsculo, esperando su mensaje con los mismos nervios de aquella noche antes de volar hacia Esmirna.

El veredicto llega un par de horas más tarde. Me gusta, responde lacónicamente, lo muestra tal cual fue. Y al cabo de unos minutos añade: las cosas dejan de ser y es lo que hay.

4

LOS DÍAS TEMIBLES

Sentada en un vagón de la línea L dirección Brooklyn pienso «vivir en Nueva York es como enamorarse de un hombre casado». La frase suena más a recuerdo que a pensamiento espontáneo. La busco en Google y el primer resultado es un blog que enumera las molestias previsibles de la vida urbana: transportes infernales, alquileres inasequibles, soledad. No termina de dar en el clavo. El idilio retorcido que se vive con Nueva York es difícil de explicar por el mismo motivo que es casi imposible explicar cualquier relación ilícita desde fuera o desde el futuro. Las partes nocivas se exponen fácilmente, como un automatismo, pero enunciadas por sí solas suenan a farsa. El reto es transmitir el entramado de éxtasis y expectativas que conviven con las pequeñas humillaciones y desencantos, y el pulso turbulento que se produce entre los dos desenlaces posibles hasta que uno se impone al otro.

La beca del Ministerio de Cultura llega poco antes de un atentado terrorista en el centro de Barcelona, y de forma igualmente inesperada. Es agosto y tengo un par de semanas para pedir visados y preparar la mudanza. La última imagen antes de despegar es la de una manifestación enloquecida que baja por la Rambla de Catalunya culpando a la casa real de los atentados por sus intereses armamentísticos en Arabia Saudita. Alejarme del delirio es un alivio.

Después parece ridículo, pero a los veintiséis años se puede tener la sensación de haber llegado tarde a la vida. Yo creía llegar tarde, sobre todo, a Nueva York. Al menos a la particular predisposición necesaria para salir del aeropuerto de JFK y sentirse en el inicio de algo sublime. Parece que nacemos con una capacidad limitada para la sorpresa y el entusiasmo y si la agotamos demasiado pronto tenemos que capear el resto de los años con una sensación apagada de repetición. Cuando nos encontramos en este estado no podemos prever, ni siquiera imaginar, los giros futuros que sacudirán los cimientos de todo; y aun así no podemos evitar buscarlos, constantemente y con cierta desesperación, como un adicto espera la dosis de una droga que quizá ya no existe.

Nueva York es el hogar perfecto para este tipo de temperamento. En ningún sitio como en Nueva York se sienten en casa las almas desgastadas y sobreestimuladas, con la capacidad de entusiasmarse aplastada como una colilla en Midtown. La ciudad les promete que hay una dosis esperando tras cada esquina, en la próxima cita con alguien prometedor, en el próximo acontecimiento especialmente dirigido a los profesionales de su sector. La angustia de perderse una potencial dosis es el combustible que mantiene el motor de la ciudad en marcha.

Las primeras semanas las dedico a resolver asuntos de la beca. La beca implica un trasiego permanente e intimidante de gestiones burocráticas, trámites laberínticos sobre los que pesa la amenaza de perder la beca, y por tanto la mensualidad y el posgrado pagado, y por tanto el motivo único de residir en Nueva York. Pese a la vaga angustia y sensación de derrota que generan los trámites, no dejo de notar el rastro de los productos culturales que toda la vida me han asegurado que estoy en el centro del universo, que aquí es donde pasan las cosas. La gente me sonríe cuando subo por 5th Avenue de camino a obtener algún documento imprescindible para el comité de la beca. Los hombres me dan conversación en las tiendas de comestibles, me explican que las llaman bodegas y que el *egg and cheese on a roll* mejora mucho con salsa de sriracha. Un día un viejo de la calle me extiende la mano en un *high five* improvisado, que interpreto como un indicio de que la ciudad se me ofrece en un despliegue de extrema euforia norteamericana.

*   *   *

—Son vampiros. Perciben que eres nueva y te quieren chupar la energía —sentencia Summer cuando le hablo del *high five* y ve la expectación brillando en mis ojos.

Nos hemos conocido esta mañana en las jornadas para estudiantes extranjeros que ofrece la facultad. Summer no necesitaba asistir a las jornadas, es una veterana de la NYU, pero ha ido igualmente porque lleva cinco años en la ciudad y está infectada por la búsqueda constante de la dosis. En cinco años ha pasado por varios programas académicos, peinados (rapada al cero, melena rubia platino, bob castaño liso), y aspiraciones vitales (artista plástica, estilista de revista de moda, periodista de investigación). Es jamaicana y blanca, pero no hago mención de este hecho durante el primer café que tomamos juntas. Esto me posiciona como amiga potencial.

Interpreto la sentencia de Summer como la hipérbole típica de cuando llevamos tiempo en un lugar y queremos demostrar a los nuevos que conocemos todos sus trucos. Ahora me siento lejos de este cinismo corrosivo. El paseo por 5th Avenue me ha abierto una grieta en el espíritu y la ciudad lo penetrará de formas imprevisibles. Sin ir más lejos, esta misma mañana he coincidido con un puertorriqueño rapado y forzudo, el mismo que hace dos días me ayudó a envolver cajas de cartón para que no se mojaran con la lluvia. Me ha reconocido en la bodega junto al metro de Halsey y me ha propuesto *hanguear* por el barrio con un acento híbrido que me ha cosquilleado el bajo vientre.

El barrio es Ridgewood, un triángulo escarpado en la frontera entre Queens y Brooklyn donde se encuentra el primer apartamento al que he ido a parar. Ridgewood está empezando a gentrificarse, es decir, a encarar la llegada de profesionales blancos. La gentrificación es en realidad una palabra nueva y pedante que imprime urgencia a un proceso viejo y cíclico. La renovación demográfica lleva repitiéndose desde el siglo XVII, cuando todo Brooklyn era una sucesión de granjas y cultivos en manos de terratenientes neerlandeses. El patrón migratorio de Ridgewood es el típico de la zona. Al principio se asentaron alemanes y europeos occidentales, hasta que a principios del siglo XX se intensificó la llegada de inmigrantes de Europa del Este y de Sudamérica. Las antiguas pizzerías se reciclaron en restaurantes de kebab balcánicos y diners puertorriqueños, que en algún momento dejarán paso a cafeterías minimalistas de *matcha lattes* de seis dólares.

Mi puertorriqueño resultará ser el traficante del barrio. Durante nuestro paseo mencionará vagamente unos hijos y quizá una esposa esperándole en un hogar donde cohabitan tías, abuelas, parientes lejanos. Quizá dejaré que me dé un beso bajo la lluvia suave en los columpios de un parque infantil decrépito. Aquel beso marcará el inicio de la búsqueda enloquecida que se desplegará ante mí.

* * *

Más tarde, cuando me haya envuelto con el cinismo de Summer, esta apertura inicial me parecerá ingenua y temeraria. La grieta por donde tenía que penetrar la ciudad era una herida abierta a todo tipo de infecciones. Bookworm la vio al instante e intentó meterle su dedo llagado. Tenía las palabras *book* y *worm* tatuadas en los nudillos, y el día que lo conocí en una librería-cafetería en el Lower East Side de Manhattan leía exactamente el mismo libro que yo. Sentí la necesidad de señalar la coincidencia en voz alta. Lo tenía delante en una de las mesas compartidas del café, con sus gafas finas y bufanda de seda, y sujetaba con delicadeza su ejemplar de *Just Kids* de Patti Smith como si temiera que fuera a desintegrarse. Se presentó como autóctono del Lower East Side, un barrio que había sido sórdido y violento y que ya no reconocía en los condos de lujo y en los rebaños de estudiantes clónicos con sudaderas de la NYU. Era, concluyó, un *leftover*: los restos de un pasado irrelevante.

El Katz's Delicatessen era otro *leftover* del barrio. Los delis, restaurantes improvisados, habían sido una institución en la ciudad desde que una masa paupérrima de judíos de Europa del Este llegaron a principios del siglo XX. Los delis vendían comida kosher supervisada por las autoridades rabínicas: sándwiches de pastrami, pepinillos adobados y sopas de cebolla. Habían ido cerrando a medida que los descendientes de los primeros inmigrantes ampliaban sus horizontes gastronómicos. Ahora quedaban solo un par de docenas. El Katz era célebre en parte por haber aparecido en comedias románticas de culto, lo que había hecho que saliera en todas las guías turísticas con ínfulas de autenticidad. Había conseguido mantenerse en pie desde 1888.

Bookworm me llevó allí poco después de la conversación en la librería. Nos sentamos en medio de un *horror vacui* de neones, turistas y fotos de visitantes célebres colgadas en las paredes, junto a Bill Clinton y Henry Kissinger. Al instante vi claro el error de la situación. Era un miércoles gélido, diluviaba, tenía asuntos que resolver en la facultad. Pero Bookworm me había invitado a comer y no tenía ningún motivo de peso para decirle que no. Era el primer neoyorquino autóctono que me cruzaba y la grieta latía con avaricia ante la posibilidad de obtener una perspectiva auténtica de la ciudad. Ahora lo tenía sentado delante, arrugando nerviosamente la servilleta con sus dedos de mantis religiosa.

Los mismos dedos dieron inicio a la conversación. Se los había tatuado en el centro de menores de Queens donde estuvo interno de los 14 a los 19 años, y donde le conocían como *book worm*, explicó, porque leía día y noche. Miraba un punto fijo de la mesa mientras encadenaba detalles biográficos en un tono mecánico, como si supiera exactamente qué teclas debía tocar para encajar en el perfil de aborigen de interés. Dijo que era huérfano y que había crecido en los *projects* del Lower East Side, y que ahora tenía un buen trabajo en el distrito financiero pero estaba «completamente solo». Aún me faltaba un tiempo en la ciudad para comprender plenamente el significado de esta conjunción, y la incorporé como un elemento más en la cadena de dramas que era su vida y que solían ser las vidas de los demás, los que provenían de rincones miserables y con quien solo te cruzabas de manera puntual y anecdótica. Alternaba las revelaciones escabrosas con la ingesta de litio y antidepresivos. Insistió en pagar mi sándwich de salami, un sándwich absurdo que no tenía principio ni fin.

Días después apareció en la puerta de la facultad con un osito de plástico gigante, regalo que anticipaba un San Valentín aún lejano. Mientras tomábamos un café en una franquicia de Broadway me preguntó si era feliz. Respondí que sí, por decir algo.

—Me alegro por ti, porque yo soy totalmente miserable.

La soledad era la peste autóctona de la ciudad. Los afectados andaban entre el resto de humanos aislados bajo una campana de cristal que solo era visible para el ojo entrenado. A simple vista podían parecer personas sanas, con habilidades sociales estándar y capacidad para ironizar sobre su situación. Quizá iban a pilates tres días a la semana y trabajaban en rascacielos climatizados o estudiaban posgrados en universidades liberales. Tardabas un tiempo en identificar su aura de miedo, resentimiento y autoodio.

En ocasiones alguno tocaba fondo y se atrevía a lanzar un grito de auxilio. Surgía entonces la oportunidad de extender una mano salvadora dentro de su nube tóxica. Ahora Bookworm me miraba expectante desde dentro de su nube, anhelando salir de la particular aflicción que resulta de deslizarse por los años sin que nadie te mire durante más de cinco minutos.

Este tipo de aislamiento urbano se perpetúa porque todo el mundo intuye su potencial contagioso. En algún momento experimentaría yo misma algunos indicios. Me descubriría teniendo iniciativas extrañas como salir a correr por el asfalto, o leyendo ávidamente sobre gorilas recién nacidos separados de sus madres y volviéndose depresivos y antisociales. Pero para esto aún faltaba, y ante mí, en aquel café de Broadway, en mi primer año en Nueva York, solo podía intuir en Bookworm un abismo peligroso del que debía alejarme de inmediato. Inventé alguna excusa y huí avenida arriba, dejando a Bookworm solo en el café con su osito de San Valentín.

* * *

Nueva York es un escenario diseñado para huir. Todo en él garantiza el anonimato y una agradable ausencia de repercusiones. Esta primera escapada por Broadway se irá repitiendo con variaciones diversas. En ocasiones seré yo quien se quede atrás con el café a medio beber y el regalo de San Valentín abortado. Summer me explica que las cosas son así, que hay que aceptar cuanto antes que las cortesías elementales de la convivencia humana son propias de otros lugares o reliquias de épocas pasadas. La intemperie es un sitio cruel e implacable. Todo el mundo busca el amor o alguno de sus sucedáneos, ya sea sexo o compañía, pero todo el mundo siente una repulsión infinita frente cualquier indicio de esta hambre en el otro. Hay que ser frío y metódico, asumir que habrá bajas por el camino; parecer indiferente es primordial.

Pongo en práctica los consejos de Summer. Cosas que en Barcelona me habrían parecido indignas, como las *apps* de citas online, se vuelven aceptables. Tomo cervezas con un chico afroamericano a quien invito casi inmediatamente a casa y a quien echo a las cinco de la mañana. Tomo cervezas con un ingeniero informático indio que se presenta con una lista de preguntas formales y bromas prefabricadas y un pánico apagado en el fondo de los ojos. Tomo cervezas con un operador de cámara de Carolina del Sur que me explica que el humorista Louis CK es un déspota y un pervertido, y que se pasa las siguientes semanas enviándome mensajes degenerados hasta que bloqueo su número.

Se acerca el invierno, y con él lo que los neoyorquinos llaman la *cuffing season*, la búsqueda de una pareja con quien pasar los meses fríos. La perspectiva es desoladora pero son las reglas del juego; es adaptarse o morir.

Me salva de esta dicotomía un ejecutivo de la televisión hispanoamericana que habla catalán con acento de México central. Es alto y sereno y ha conseguido a mi edad un sueldo de seis cifras a base de enviar mails tranquilizadores a sus jefes. Como muchos descendientes de exiliados de la Guerra Civil, piensa en Cataluña como una especie de arcadia perdida. La noche que nos conocemos en una fiesta en Chinatown me escucha con paciencia mientras enumero los motivos por los que su concepción del paraíso es equivocada. Un mes después me da una copia de las llaves de su estudio en la calle East Houston, en el Lower East Side, a pocos minutos andando de Katz's. Ahí me acurrucaré mientras el otoño degenera en invierno, dejando que me invite al cine y a cenas de ramen.

Es una relación amable, suave, sin esperas ni incertidumbres torturantes. Un día lo observo freír quesadillas en la cocina-sala climatizada mientras una tormenta de nieve lanza el cartel de la bodega 24h contra la fachada. Pienso que el amor podría ser esto: sentirse a resguardo mientras la ciudad despiadada se desencadena en un segundo plano.

El confort se tambalea de vez en cuando por la sospecha de estar haciendo mal la ciudad. Debe de haber escenarios gloriosos que me pierdo en mi errar cíclico de East Houston a Ridgewood a la facultad de Astor Place. Paisajes más interesantes que la mujer que enarbola la imagen de un feto abortado delante de la oficina de Planned Parenthood de Lower Manhattan, y que me cruzo cada mañana de camino a clase.

A ratos acecha la inquietud de estar viviendo una farsa absoluta. Nadie tendría que disfrutar de la comodidad de un hogar amoroso sin haber pasado por las conquistas agónicas del enamoramiento. Es empezar el viaje por el final, o como dirá un amigo más adelante, un ejercicio de aceptación de los límites de la vida.

* * *

En la mesilla del comedor de Ridgewood se apilan los *New Yorkers* de Stephanie, una compañera de piso de New Mexico. Una de las revistas de este octubre trae un reportaje sobre los excesos del productor Harvey Weinstein, contados por decenas de actrices que han pasado por sus manos. Lo hojeo una tarde cuando paso por el piso a buscar bragas limpias. Los testigos cubren dos décadas de abusos y transgresiones sexuales a manos del patriarca de Hollywood.

En mi Facebook la primera en hacerlo es Stephanie. Publica simplemente: #metoo. Después me la cruzo en la cocina y me explica que esto indica que ha sido víctima de un abuso. Tiene una mirada triste, de un azul clarísimo, que refleja una infancia de intereses excéntricos y soledad intensa. Para solidarizarse con las víctimas de Weinstein, me explica, no hay que especificar la naturaleza del abuso padecido. Lo que importa es contribuir a iluminar la cadena milenaria de agravios que han definido la experiencia femenina en la tierra.

La iniciativa se extiende en paralelo a mi retraimiento invernal en East Houston. La veo pasar de reojo, con cierta curiosidad, desde mi búnker de quesadillas y calefacción central. Una noche vamos al Comedy Cellar, templo global del stand up, que conozco porque es donde actúa Louis CK en su serie de autoparodia *Louie*. En la vida real, Louis CK acaba de caer del pedestal después de que varias mujeres lo acusen de masturbarse delante de ellas y comportarse en términos generales como un pervertido. El consenso mediático es que su caída representa el fin de una era de permisividad e impunidad masculina en el mundo del entretenimiento.

En el Cellar aún no han descolgado las fotos de Louie, rey incuestionable del local. El ambiente está enrarecido y expectante. Se han establecido unos nuevos límites y ninguno de los humoristas que salen al escenario se atreve a ponerlos a prueba. Solo al final un flaco hace una broma sobre el #metoo y una voz se alza desde el fondo del público:

—*Fuck youuuuuuuuuuuuu*.

El asistente indignado se levanta y encara al cómico flaco que ha tenido la audacia de tantear el límite. Entona una diatriba sobre el fin del privilegio masculino. El público calla, no vuelve a surgir la cuestión.

Las denuncias en redes se multiplican, surgidas de una furia colectiva que parece emerger de un adormecimiento milenario. El momento tiene una energía caótica, sorprendente y tentadora que hace que quieras formar parte de él. Hurgo en mi pasado en busca de alguna experiencia que pueda denunciar; nada parece estar a la altura. No ayuda que la línea sea tan vaga. ¿Contaría ese antiguo compañero de trabajo que me triplicaba la edad, me llamaba entrada la noche y dejaba botellas de vino en mi escritorio? ¿El patriota griego que me persiguió de Niš hasta Belgrado cuando viajé sola a los veinte años? ¿Todas las veces que he follado sin ganas, esperando resignada a que el tipo acabe, para evitar la incomodidad de tener que rechazarlo?

Ninguno de estos incidentes tiene suficiente entidad para llenar con certeza un #metoo como el de Stephanie. He usado al compañero de trabajo pervertido como broma recurrente, y en realidad sus excentricidades me divirtieron y halagaron. El griego de Serbia me ofreció una lección de lo que puede pasar cuando llevas el flirteo al límite, pero nunca resultó peligroso. El sexo mediocre lo veo ahora como un lastre de la adolescencia del que toda mujer tiene que aprender a deshacerse, en un ejercicio de madurez, amor propio y responsabilidad personal.

Me resigno a ver pasar el momento como espectadora, incluso como simpatizante.

Tendrá que transcurrir un año para que me dé cuenta de que mi planteamiento inicial estaba totalmente equivocado. Primero tiene que acabar el invierno y las veladas de ramen dar paso a un deshielo general. En Nueva York la primavera irrumpe como una erupción: aflora la serotonina bloqueada, multitudes invaden los parques con jergones y colchonetas y en mi interior se desata un cosquilleo creciente. El cosquilleo es primero intermitente y manejable, y podría corresponder tanto a una expectativa general como a una expresión física de la ansiedad. Cuando por fin se define, toma la forma de un gusano de acero que pasea por el interior de mis órganos. Lo observo como quien analiza las reacciones de un perrito adoptado para determinar su origen. El gusano perfora el estómago con malicia cada vez que mi compañero me acaricia la mejilla o hace planes de futuro. Se me instala a menudo en los pulmones, dificultándome la respiración. Me genera una irritación general y un mal humor melancólico que amenaza con enturbiar el verano.

En junio voy a Grecia con el pretexto de investigar para la tesis de posgrado. La universidad ha financiado el vuelo y parte de la estancia y ya vislumbro las semanas de soledad bajo la luz del Egeo, que fulminará y secará y hará desaparecer el gusano. Pero a última hora mi novio mexicano decide acompañarme y Grecia se convierte en el escenario de una ruptura penosa que se alarga a través de varios paisajes idílicos. La ruptura final es cordial y civilizada y esto confirma mi sospecha de que todo ha sido un error, una tregua cobarde que me he concedido de la vida de verdad, y me llena de un desprecio gélido que me prepara para afrontar la ciudad.

Es entonces, al salir del búnker y empezar a hurgar bajo la roña urbana, que el momento cultural que siguió a aquel primer reportaje del *New Yorker* se me empieza a revelar en su verdadera dimensión.

* * *

Cinco minutos después de empezar a bailar juntos, el nigeriano se saca la polla del tanga mínimo que la mantenía en su sitio. Con la otra mano señala hacia la dirección general de la sala B.

—¿Vamos?

El primer viernes de cada mes, el club de Bushwick conocido como House of Yes se convierte en la Casa del Amor. Para acceder hay que ir vestido con ropa interior de hilo o cuero, o completamente desnudo. La entrada es cuarenta dólares más cara que de costumbre. En la puerta una chica rapada con los labios azul marino alecciona los asistentes en grupos de cinco en cinco. Detalla los estrictos códigos de consentimiento de la casa, que las noches de la fiesta del amor se refuerzan considerablemente. Es capital no tocar a nadie sin haber obtenido su consentimiento explícito. Dar unas palmaditas en la espalda para pasar cuenta como invasión del espacio personal. Esto último lo especifica con un fulgor en la mirada, como si por fin pudiera pasar cuentas por innumerables transgresiones pretéritas.

Con la cantinela de una tutora de párvulos, la chica insiste:

—Si una mujer no os da un sí claro, ¿qué os está diciendo?

Estamos a principios de enero y la temperatura bordea los diez grados bajo cero. Los asistentes se estremecen en sus conjuntos de Victoria's Secret. Han tenido tiempo de sobra, en el último año y pico, para familiarizarse con los estándares del momento. *Solo sí es sí. Todo lo que no es un sí es un no.*

Una voz temeraria responde:

—¿... que quizá?

La expresión de la tutora se vuelve agria como una lechuga oxidada. Se retira al interior para consultar el protocolo frente a esta falta flagrante en el test de entrada. El resto nos adentramos en el calor del club, dejando al díscolo en la intemperie.

El interior de House of Yes tiene el aspecto de un piso compartido por estudiantes de primero de Bellas Artes, si los estudiantes vivieran en una nave industrial. Hay osos disecados, columpios que cuelgan del techo, maniquíes decapitados, bolas de espejos reflejando una iluminación tricolor rotativa. Las noches de amor también hay chicas masturbándose en la barra y personas con un cuerno de purpurina en medio de la frente. Son los consenticorns, unicornios del consentimiento, que pasean entre los asistentes para asegurar que no se producen interacciones no deseadas.

El nigeriano me sonríe con un gesto de leve impaciencia. Tiene el miembro tirando a desvelado. El cuerpo fibrado y límpido le brilla con una mezcla de sudor y purpurina. Es tan perfecto, tan simétrico, que tiene un punto asexual, como de estatua. El lugar al que me quiere llevar es la habitación de las orgías que hay en el pasillo trasero, más allá de los lavabos sin género.

Hace un rato he visto al pasar la habitación de las orgías y me ha recordado a los documentales de naturaleza donde una multitud de focas toman el sol en las rocas, amontonadas las unas sobre las otras, los cuerpos brillando por el baño reciente. Piernas, torsos, cabezas que parecen escindidas de los cuerpos se entrelazaban al ritmo de un gemido unísono de baja intensidad. La sala me ha producido una repulsa intensa. Le digo al nigeriano que prefiero seguir bailando y acto seguido se va a continuar su búsqueda, metódico y expeditivo.

Hago un duelo de un minuto por lo que he dejado ir. Un rato más bailando y quizá me habría despertado la curiosidad. Estoy lo bastante sedienta como para que un gesto inquietante o un corte concreto de clavícula se me presenten como una señal inequívoca de afinidad y predestinación. Pero todo en la fiesta del amor invita al derribo de transiciones y puntos medios. El camino hacia el placer está perfectamente señalizado. Ni siquiera el M que me sube por la garganta y me aligera los músculos y me envía misiles de serotonina al cerebro puede encontrarle nada remotamente erótico, o estimulante, a una operación burocrática supervisada por unicornios en tanga.

Es un experimento ambicioso, el de mantener vivo el espíritu lúdico del sexo eliminando al mismo tiempo la ambigüedad y el peligro. La diseñadora del programa de consentimiento me ha explicado con calma pedagógica, durante una entrevista en la que ambas llevábamos ropa de calle, que su modelo es el de las fiestas BDSM y los clubes de *swingers*. En estos espacios, el establecimiento previo de preferencias y límites es esencial para la integridad de los participantes y el buen funcionamiento de todo.

¿Habían encontrado problemas desde el establecimiento del programa de consentimiento?

—Solo con algunas *minorías* que *culturalmente* están más habituadas al contacto físico, y que aún no entienden que cierto tipo de contacto puede constituir una invasión.

En la fiesta del amor no se producen invasiones cuestionables. Tampoco se encuentran muchas de esas minorías ineducadas, término que engloba a los latinoamericanos de las fiestas de reggaeton y dembow de la zona y que de vez en cuando invaden el búnker protestante de House of Yes. Sin embargo hay algunos hombres desnudos, blanquecinos y de hombros encorvados, moviendo el cuerpo al ritmo aproximado de la música mientras miran alrededor con ojos enloquecidos. Está la jaula elevada donde una pareja puede follar a la vista de todos, y dildos colocados estratégicamente en puntos elevados del club y por supuesto está la sala B, donde ya debe de encontrarse hace rato mi nigeriano recubierto de purpurina con alguna pareja más dispuesta.

Un entorno hiperregulado atrofia la intuición. Rebaja la excitación de la búsqueda. Anula el trance del deseo. Bailando sola en la plataforma me parece vislumbrar el error esencial del estado de ánimo que ha tomado la ciudad por el cuello. Todo el mundo finge conformarse con un sucedáneo de lo real. El pensamiento vuela por encima del barrio industrial de Bushwick y a través del East River hasta el estudio de East Houston donde en estos momentos el ejecutivo mexicano fríe quesadillas para la novia de Filadelfia que encontró en Tinder dos meses después de que yo lo dejara. He visto fotos de la novia y tiene una cara banal y genérica que me resulta ofensiva. Tanto a mí como al mexicano, la ciudad nos ha proporcionado un simulacro del material que necesitamos para llenar nuestro vacío particular. Es como el bistec de Matrix: virtual, diseñado por un algoritmo, pero casi tan tierno y jugoso como el del mundo real.

Al encenderse las luces al final de la noche vuelvo a ver al nigeriano. Ha encontrado a una mujer india que se ha quitado el top y muestra unos pechos anchos y carnosos. Ríen y se magrean apoyados en el *subwoofer* con una complicidad que parece venir de años atrás. Me invitan a pasar la noche con ellos. Jac, la amiga que me ha acompañado a la fiesta, vuelve de la habitación de las focas despeinada y mecida por el éxtasis. Es cuatro años más joven que yo, suficientes para que a su lado me sienta como una anciana de valores atávicos. Algunos hombres desnudos y solitarios rondan por las esquinas esperando una gracia de última hora antes de volver solos a casa.

Jac, la india, el nigeriano y yo estamos en una cama de matrimonio en algún punto de Brooklyn. No sé qué estamos haciendo pero no tiene nada que ver con el sexo. Parece más bien una actividad de esplai dirigida por el nigeriano, monitor solícito decidido a reforzar los vínculos del grupo.

En algún momento la india se incorpora y pide una tregua. Explica que hace solo una semana que ha firmado el divorcio, y que es la primera vez en su vida que se encuentra en una cama con alguien que no sea su marido y novio desde la adolescencia en Deli. De hecho es la primera vez que sale de fiesta sola. Jac y yo la escuchamos tumbadas cada una a un lado con la cabeza apoyada en los puños, asintiendo en señal de solidaridad mientras le acariciamos la melena.

* * *

El nombre de Katie Roiphe es polémico entre los alumnos. Este invierno se ha convertido en blanco de aquella furia que vi estallar en el Comedy Cellar. Ahora ha pasado un tiempo y la furia ha dejado de ser fresca y espontánea para convertirse en un prerrequisito para la conversación pública. Sus códigos se han estandarizado y han encontrado un hogar entre la élite que orquesta la opinión pública de la ciudad.

Corre el rumor que Roiphe está escribiendo un ensayo incendiario para la revista *Harper's*. En este texto no solo cuestiona la extraña energía que se está apoderando del #metoo, sino que revela el nombre de la creadora de un documento de Excel donde las trabajadoras del mundo de la comunicación denuncian anónimamente a sus compañeros de trabajo. El documento lleva un tiempo circulando y agrupa transgresiones de todo tipo, desde la interacción desagradable entre copas hasta el tocamiento inapropiado en la oficina o la agresión sexual. Una vez el nombre del acusado es añadido a la lista, su falta se nivela con todas las demás. Todo ello se percibe ahora como parte de un continuo, emanaciones de una misma misoginia con carta blanca que se ha convenido llamar *cultura de la violación*.

Al aula la llaman la biblioteca, pero solo es una sala con una mesa larga de roble oscuro. Dos de las paredes están forradas de estanterías, con unos libros toscos que parecen puramente decorativos, y las otras dos forman un ángulo de ventanales con vistas panorámicas al Lower East Side. El primer día Katie llega cinco minutos tarde y empieza a impartir la clase sin presentarse. Es delgada y bajita, parecería casi delicada si no fuera por la mirada fulgurante y la explosión de rizos rubios. El nombre del curso es «El arte del argumento y la polémica». Leemos el primer texto de referencia, la escena de *El Paraíso* de John Milton en que la serpiente convence a Eva de comer la fruta prohibida.

Roiphe es hija de una escritora neoyorquina, feminista de primera ola de una familia de intelectuales judíos. Para sus críticos, esta pertenencia a la élite del pensamiento local empaña de entrada sus argumentos. Indica que es una aliada del sistema, que los viejos guardianes le ríen las gracias porque comparten intereses esenciales. Tiene un talante frío y aristocrático que encaja mal con las expectativas de los tiempos; preferiría amputarse una pierna que sumarse a la moda de exponer sus traumas o inseguridades íntimas a cambio de rédito profesional.

Es precisamente ese talante lo que impregna sus clases como un aluvión eléctrico. Despierta la voluntad de destacar en todos los presentes. En su aula no tiene ningún valor la escala de alianzas, beneficios y recompensas que ahora determina el clima exterior. Lo único que garantiza prosperar en el curso es la capacidad de escribir algo vivo, desconcertante, que consiga despertar un interés o hacer tambalear una convicción. Me entrego como en un rapto a la redacción de un ensayo sobre el #metoo a ambos lados del Atlántico.

Escribiendo el ensayo me doy cuenta de que en verdad comparto la furia del momento, pero no por los motivos adecuados. Me sorprende a mí misma hasta qué punto me molesta que se reduzca la ambivalencia de las relaciones humanas a una cuestión de poder unilateral. El nuevo prisma con que se supone que debo observar el mundo, las gafas lilas, me resulta ofensivo y sobre todo contraproducente. Es una manera perversa de reforzar el estatus reducido de la mujer, una condena a seguir ocupándonos de los asuntos banales de la existencia mientras los adultos tienen las manos y los cerebros disponibles para las cosas determinantes del mundo, o para lo que sea que les apetezca. Sobre todo lamento que nada de esto nos ayude a ser más fuertes ni más libres ni saber lidiar mejor con los obstáculos de existir en el mundo. Más bien nos recluye en una paranoia infértil y previsible, y nos condena a la parálisis de la víctima.

Escribir el ensayo es catártico. Katie me anima a enviarlo a algunos editores, que lo consideran totalmente impublicable. Uno de ellos me dice medio en broma que sería como apoyar públicamente a Hitler. Tiempo después releeré el ensayo y lo encontraré obtuso y precipitado; le veré un punto deshonesto al negarme a reconocer que el fin de la impunidad era en general algo positivo. Pero todos estos matices habrían debilitado el ensayo. La cuestión era negar la mayor, evitar sucumbir a un momento cultural que era la voz misma de la derrota.

Cuando por último sale el artículo de Katie en *Harper's* lo encuentro ponderado y razonable. Habla de cómo algunas mujeres se contienen de expresar sus reservas hacia este mismo momento cultural por miedo a sufrir represalias profesionales. Al leerlo tengo la sensación que nada de lo que se dice puede ser controvertido, pero pronto otros estudiantes lo empiezan a compartir por whatsapp con comentarios indignados, como si fuera una versión antifeminista de los *Protocolos de los sabios de Sión*.

El seminario de Katie continúa, ajeno a las polémicas exteriores, y cuando se acaba pido seguir como oyente en su siguiente clase, que justificará por sí sola toda la estancia en Nueva York.

* * *

El segundo año, el de House of Yes y los seminarios de Katie, es también el año del éxtasis. Vivo con Summer y Emily en el East Village, en la parte baja de Manhattan. El barrio aún se alimenta de sus mitos de los sesenta y setenta, de cuando en un mismo paseo podías morir de una bala perdida o cruzarte con Allen Ginsberg yendo a comprar pan. Ginsberg vivió justo en el portal adyacente al nuestro, el poeta Frank O'Hara dos esquinas más allá. Aquí convivieron beats, punks y yonquis junto a las discotecas donde emergería la escena drag y queer. En la esquina de casa tenemos Tompkins Square, un parque donde hasta los ochenta no accedía la policía pero que ahora es una isla plácida con amplias zonas de césped y un monumento a la templanza. Vamos a beber en los *dive bars* de St. Marks Place, la calle de la borrachera barata que fue un espejismo hippie y donde una vez se refugió Vladímir Ilich Uliánov, alias Lenin.

Summer y yo peregrinamos juntas al seminario de Katie. Asistimos a encuentros de progresistas californianos que derivan en discusiones solemnes sobre la ecoansiedad, y nos escondemos en la cocina para ahogar las risas cuando sermonean a un asistente por utilizar el término «tercer mundo». Vamos a fiestas jamaicanas, latinas, portorriqueñas, fiestas privadas de millonarios turcos donde una chica de veinte años encuentra exótico y entrañable que compartamos piso. Compartir piso es solo una expresión superficial de la manera en que se han fusionado nuestras vidas. Nueva York es ahora el contenido de una larga conversación que mantengo con Summer. La conversación se perpetúa en las lavanderías, en los taxis compartidos de madrugada, en la cama de una u otra, comiendo dumplings de sopa de cerdo de St Mark's Place. Nos une una misma perplejidad ante los rituales de la ciudad, y la incapacidad de convertirla en algo cálido y receptivo, en un hogar.

A menudo la veo escribiendo en la mesa de la cocina, y es como si la atravesara un torrente desde el cráneo hasta la punta de los dedos. Parece poseída por una divinidad estricta, los músculos de la cara hieráticos y los dedos saltando como pulgas por el teclado, y siempre envidio un poco los resultados que me envía acto seguido para pedirme la opinión. Posee el bien más preciado, una *voz* con un *tono*, y un humor oscuro e hiperbólico que solo sabré vincular con sus orígenes cuando me lleve de visita a Jamaica.

A veces la arrastra una oscuridad densa, como una marea en retirada. Entonces la oscuridad penetra la conversación, y ni siquiera el sarcasmo habitual oculta una sensación de peligro y abismo, y vuelve un sentimiento intermitente de rechazo, desasosiego, aislamiento, pérdida, como de estar flotando en un escenario donde no conocemos a nadie y no nos conoce nadie, un miedo profundo a no topar nunca con nada sólido.

Las citas y aventuras fallidas son tan habituales y extremas que nos hemos acostumbrado a vivirlas desde una distancia irónica. Nos movemos en una jungla donde el civismo más básico puede evaporarse en cualquier momento. Un día una amiga mexicana cuenta que el camarero de un *dive bar* del West Village, a quien se llevó a casa después de un flirteo intermitente de semanas, se le cagó en la cama a primera hora de la mañana. Ella salió de la ducha y se encontró que el entrañable camarero pelirrojo de acento escocés le había dejado una cagada medio deshecha en las sábanas. Escuchábamos a menudo el audio de whatsapp que envió por la mañana, que nos hacía llorar de risa pero también ocultaba una advertencia solemne: «Ese caaaaabrón se cagó en mi cama, wey. SE-CA-GÓ-EN-MI-CA-MA».

Por alguna paradoja perversa, cuanto más cruel se presenta la intemperie más rápido se suceden los enamoramientos extremos y fugaces y desoladores.

Jon es el camarero y propietario de un local de Ridgewood, una antigua fábrica que los fines de semana acoge espectáculos de drag. Me sirve una cerveza en la barra y cuando salimos a fumar nos lanzamos el uno sobre el otro como si resolviéramos una tensión sexual de décadas. Vive en unos bajos que parecen sacados de un informativo local sobre las consecuencias de un huracán. Espero sus mensajes con ansia y compongo las respuestas con precisión: nunca más de cuatro palabras, siempre con un deje irónico y distante. Por las mañanas no ofrece café ni sale de la cama para despedirse; un par a veces finge estar durmiendo.

Uri se hizo boxeador de pequeño, cuando sus padres lo apuntaron al gimnasio para liberarlo del estrés postraumático de haber visto caer las torres en directo. Vive en una especie de galería de arte sin cédula de habitabilidad en el barrio industrial de Red Hook. Es judío y nativo de Brooklyn, pero habla español con acento de Cádiz. Lo justifica diciendo que es sefardí y que ha pasado épocas en Andalucía, donde hace prosperar un negocio de importación de alfombras de Anatolia. La primera noche me lleva al barrio ruso de Brighton Beach —«they call it little Chernobyl»— donde bebemos vodka con un imitador de Elvis, nos colamos en una boda soviética y caminamos por el paseo marítimo a quince grados bajo cero imaginando que estamos en Crimea. Ya en la galería de Red Hook me enseña a ponerme los guantes de boxeo, que se quedan puestos mientras hacemos el amor. Nos vemos algunas veces más, hasta que empiezo a sospechar que las cosas que explica tienen una conexión muy tenue con la realidad, y que solo es un chico sin trabajo ni dirección que de vez en cuando consigue engañar a una extranjera para que pase la noche con él en la galería de su madre.

Después de la primera noche con Orlando, un estudiante de teatro de Julliard crecido en el Bronx, de padres puertorriqueños, a quien he conocido a última hora de la noche en un club de salsa del East Village, cojo la Línea 1 hasta Harlem para acudir a una clase en la Universidad de Columbia. Ahí escribo mi primer y último poema en inglés:

> *a golden cross against*
> *the knife scar in the chest*
> *(maybe it wasn't a knife scar)*
> *«I was raised catholic» he apologized*
> *I wished he would leave it on*
> *and he did.*

Escribiendo estos versos solemnes focalizo el tsunami de energía desestabilizadora que ha dejado en mi cuerpo la noche con Orlando. Es como un estado de anticipación nerviosa, una euforia que me recorre las extremidades y que sacude los pensamientos racionales. Con Summer analizamos este fenómeno con rigor clínico. Establecemos unos plazos: no podemos tomar decisiones respecto a hombres que nos han follado bien en las dos semanas posteriores al coito. Las secuelas del buen sexo se parecen demasiado a los sentimientos.

Jons, Uris, Orlandos tienen en común que me hacen proyectar al instante un futuro con hijos, nietos, viajes transatlánticos y comidas familiares de domingo, y que después desaparecen sin ceremonia en el rugido de la ciudad dejando tras de sí un desconcierto desolado que siempre siempre siempre comparto con Summer.

No está claro hasta qué punto mi fusión con Summer es una fuerza del bien. Nos mantiene en un estado hiperconsciente y nos proporciona una sensación reconfortante de refugio. Por otra parte, no tenemos lo que se suele considerar una relación sana, con límites y distancias de seguridad. Vivimos en el auge de una retórica de la salud mental que insiste en el cálculo pragmático en lo referente a amistades y parejas, que invita a una media confortable y alejada de los extremos de las pasiones. El momento nos dice que evaluemos fríamente los beneficios aportados por cada relación, y que la cortemos por lo sano si el balance es negativo. El momento no sabe qué hacer con la gente dañada que es capaz de curarte con una sensación rara de afinidad y compañía, pero que al mismo tiempo te hace topar con los límites tortuosos de tu interior. Nos amparamos en el término *relación tóxica* para protegernos de la fuerza terrible de estas relaciones, que nos hinchan con la energía portentosa de la complicidad y la creatividad y al mismo tiempo aportan una inestabilidad que nos podría desmontar con un golpecito del índice, y que nos reconcilian con la idea peligrosa de que quizá una no puede existir sin la otra.

El caso es que no puedo vivir sin Summer y que fuera de nuestro refugio la soledad deja un reguero de estragos. Las señales llegan a veces hasta nuestro portal. A modo de aviso, un día antes de que nos mudemos al East Village aparece un cadáver a pocas calles del nuevo apartamento. El cadáver llevaba una semana sentado dentro de un coche aparcado junto a un parque infantil más allá de Tompkins Square. Era el último día de agosto y una ola de calor había acelerado la descomposición del cuerpo. El *New York Times* informó de los hechos con laconismo dramático:

La cadena de acontecimientos es un recordatorio contundente de que incluso en 2018 en Manhattan, una ciudad que vive bajo la mirada ininterrumpida de innumerables cámaras de vigilancia, que durante años ha instado a sus ciudadanos a avisar si ven algo sospechoso, aún es posible que un hombre muerto en un coche aparcado en una calle concurrida pase desapercibido durante días.

El hombre en cuestión tenía sesenta y cuatro o sesenta y cinco años y había consumido un frasco del veneno que se utiliza para la eutanasia. Nueve años antes había protagonizado un reportaje de PBS News Hour sobre parados mayores de cincuenta y cinco y sus dificultades para encontrar trabajo. Aseguraba que había llamado a más de 481 puertas sin obtener respuesta. De joven había sido actor y programador informático de cierto éxito, incluso se había casado y había tenido un hijo y una casa en propiedad en Fairfield, Connecticut. Después vinieron el despido y el divorcio y la ruina económica.

El golpe de gracia llegó cuando un día le tomaron mal el pedido en un *drive through* de McDonald's, y en medio del cabreo lanzó la bolsa con la comida a la empleada, que resultó estar embarazada. La historia se volvió viral gracias a la avidez de algunos periodistas locales, que hicieron que su nombre en internet quedara vinculado para siempre al incidente. Incluso después de que se descubriera la identidad del muerto, el tabloide británico *Daily Mail* tituló así su crónica:

Programador que no conseguía encontrar trabajo después de hacerse famoso por tirar comida a una gerente embarazada de McDonald se suicida cinco años después y su cuerpo permanece inadvertido en el coche durante UNA SEMANA.

El hedor del cadáver persistió unas horas en el parque infantil donde había aparcado, y después desapareció para siempre.

*   *   *

Cuando llegan las tardes tórridas, el verano siguiente a la aparición del cuerpo, adquirimos la costumbre de llenar una cantimplora de sidra e ir a pasar las tardes a Tompkins Square. A veces leemos y a veces fumamos hierba y observamos las luciérnagas que se elevan por encima del césped en el claroscuro vespertino, creando un espejismo onírico entre las parejas que hacen pícnics y las familias que celebran cumpleaños infantiles.

Vivimos en una transición hacia alguna cosa, sin tener ni idea de qué cosa es ni cómo se llega a ella. Los asuntos del momento transcurren en un segundo plano. En la isla de Nueva York, el mandato de Donald Trump es una estridencia lejana; se percibe sobre todo en la indignación de estudiantes y periodistas liberales, que repiten sus palabras con un celo similar a la infatuación. Mientras tanto, el partido demócrata intenta recomponerse de la derrota de las últimas elecciones y encontrar a su candidato idóneo. Las primarias demócratas son un espectáculo de desorientación e ineptitud. Se suceden en una procesión dantesca el exalcalde billonario, el exvicepresidente senil, la senadora que no sabe cómo se llama el presidente de México. Nos entretiene observar las pifias y avances desde la distancia cómoda del césped de Tompkins Square. Decidimos apostar por el viejo socialista judío, senador por Vermont y nacido en Brooklyn.

Nos gusta el socialista judío porque parece ser el único que no participa de una moda perversa que empezó en las aulas y se ha extendido sibilinamente hasta la alta política. La moda consiste en sustituir el discurso sobre cuestiones materiales por un sucedáneo centrado en sentimientos y traumas subjetivos, y por tanto imposibles de rebatir o cuantificar. Esta manera de hablar ha secuestrado la conversación pública y empieza a impregnar la privada. La ciudad entera es ahora como aquella noche en el Comedy Cellar: nadie se atreve a tantear los nuevos límites que se han establecido.

Pero el socialista judío ignora estos nuevos términos e insiste a hablar de cuestiones materiales. El socialista judío con voz de jubilado irascible parece venir de otra época, una época que añoramos aunque no la hayamos vivido nunca; una época que nos figuramos más solida, más firme y menos confusa, en la que uno no se sentía a merced de fuerzas incontrolables y las cosas parecían siempre a una votación de cambiar para bien.

Asistimos a sus mítines, forramos el apartamento con carteles de la campaña, tenemos la sensación de participar y por tanto de existir.

* * *

En el mes que sigue a la mudanza a Crown Heights tienen lugar dos acontecimientos. Empieza el año 5780 en el calendario hebreo; y el último hombre con quien me había imaginado teniendo hijos y conviviendo en una afable vejez desaparece sin dejar rastro. En la nebulosa de aquellos días no me doy cuenta de que los dos hechos están relacionados.

Se acercan a mí en el café de los bagels, frente al puesto jamaicano de pollo frito, a la entrada del metro de Nostrand.

—Perdona, ¿eres judía?

—¿No serás judía por casualidad?

Son las ocho de la mañana del primer día de Rosh Hashanah, el año nuevo judío. Los que preguntan, hombres barbudos con gabardinas negras, sujetan cuernos de madera y esperan la oportunidad de cumplir una mitzvá de fin de año. Cada vez hay un segundo de expectación ansiosa. Después niego con la cabeza, con una media sonrisa patética, y sigo andando.

Cinco años atrás, cuando vivía en Jerusalén, la pregunta era recurrente. Entonces me había causado reacciones interesantes. La primera era desconcierto; como occidental laica no estaba acostumbrada a que preguntaran por mi afiliación religiosa. Después apareció una especie de alienación herida. Todos los días veía varias veces cómo mi identidad era reducida a «no judía», o *shiksa*, dependiendo de la zona de la ciudad. Empecé a sentirme frustrada, y a pesar de los argumentos racionales, dolida.

La primera vez que quedé con Raphael intenté explicarle por qué el judaísmo «resonaba» conmigo. Era el último martes de agosto y andábamos arriba y abajo por el East Village en un estado de leve agitación. Nos habíamos conocido en el parque hacía un par de días y todo parecía anunciar el advenimiento de algo sagrado. Faltaba una semana para que me mudara con Summer a Crown Heights, un barrio de Brooklyn repartido entre afrocaribeños y judíos hasídicos, donde empezaría una etapa digamos adulta, sin el amparo de becas y facultades, con un trabajo de oficina y una rutina plenamente neoyorquina. Él me escuchaba divagar y no decía nada. Había crecido en una comunidad judía ortodoxa en el Bronx y no ofrecía muchos detalles sobre su nivel de observancia. Solo hizo algún apunte sobre mi nuevo barrio, como que a pesar de encontrarse entre las más pobres de Nueva York, la comunidad judía ultraortodoxa nunca llegaba a los extremos de la pobreza abyecta y la indigencia gracias a sus redes de apoyo mutuo.

La mañana siguiente, mientras se vestía en mi dormitorio, me fijé en que llevaba en la mochila un estuche con filacterias, las cajitas con escrituras sagradas unidas con correas de cuero que los judíos religiosos utilizan para la oración.

Ese primer día de Rosh Hashanah me paso los cuarenta minutos de metro hasta la oficina en Midtown leyendo una novela canónica sobre dos judíos de sectas enfrentadas en Brooklyn. El libro me llena de una furia insospechada. La escritura es perezosa e imprecisa, y me recuerda constantemente que de pronto Raphael ha dejado de mostrar interés por mí. Atrapado en el hospital, el narrador se pone las filacterias para rezar por una victoria americana en las playas de Normandía. Subrayo mezquinamente todos los adverbios innecesarios de la página. Al salir, tiro la novelita de mierda en la primera papelera de Times Square.

Por la noche leo en algún sitio que el rechazo activa las mismas áreas cerebrales que el dolor físico. La web tiene apariencia médica y contiene hiperlinks, testimonios personales y listas llenas de palabras técnicas, y me asegura que podría aliviar mi sufrimiento con una pequeña dosis de Tylenol.

*   *   *

El apartamento de Crown Heights está vacío excepto por una mesa estrecha cubierta de velas con la Virgen de Guadalupe, y la pintura de una cabra llorando ríos de oro que pintó Summer en un ataque de añoranza jamaicana. Desayunamos de pie en el mármol de la cocina y bebemos vino sentadas en cajas de cartón. No estamos dotadas del sentido práctico necesario para construir un hogar. Sabemos que tendremos que deconstruirlo en un futuro cercano, y preferimos discutir cíclicamente sobre cómo organizar los libros y felicitarnos mutuamente por tener una *stoop*. Es la más fea de la calle, pero nos llena de un irracional orgullo suburbano.

La ventana de mi dormitorio tiene en el alféizar algunos objetos que han sobrevivido a las mudanzas anteriores: tres velas hasídicas que me regalaron cuando obtuve mi nuevo trabajo, un retrato de mis abuelos católicos y dos libros de poesía a los que atribuyo poderes de talismán. Los libros son de Leonard Cohen y Federico García Lorca. Siempre tienen que estar cerca de mí, uno al lado del otro.

En un impulso sin precedentes, decido salir a correr por mi nuevo barrio. Mi capacidad cardiovascular refleja una década larga de cigarrillos y sedentarismo. A las puertas de Prospect Park me cruzo con una tropa de jóvenes con sombreros que vuelven a sus respectivas sinagogas. Bajo la penumbra roja del anochecer parecen figurantes de un videoclip. Hoy, el último día del Rosh Hashanah, nadie me pregunta por mi fe.

Ahora hay cinco cajas de Ikea en el comedor. Contienen las piezas de una mesa de cocina, dos sillas, una lámpara de pie y una estantería Billy. Dentro reside la oportunidad de llenar las horas con una actividad definida, deliberada. Me siento en el suelo y monto patas y estantes con un celo devoto. Summer camina de puntillas en torno a mi duelo, como si fuera una bomba de tiempo a punto de estallar.

Leonard Cohen describió la principal lección de la poesía de Lorca de la siguiente manera: «Si hemos de expresar la derrota inevitable que nos espera a todos, debemos hacerlo dentro de los confines estrictos de la dignidad y la belleza». Lo dijo en Madrid, unos cinco años antes de morir. Parecía viejo y cansado y sus palabras descendían sobre el público como un mandamiento de Dios. El día antes de mudarme a Crown Heights las escribí en la primera página de *Poeta en Nueva York* de Lorca, un libro que hacía años que llevaba a todas partes pero que aún no había empezado a leer.

Pocos amigos me tomaron en serio cuando les hablé de Raphael. Estaban acostumbrados a oírme utilizar términos superlativos. No insistí; para mí era suficiente saber que esta vez era distinto. Raphael me había visto escribiendo en una libreta tumbada en el césped de Washington Square Park y se había sentado en un banco cercano. Al irme pasé por su lado y me preguntó si estaba escribiendo una novela. Dos días después estábamos uno encima del otro en mi cama, leyendo en voz alta fragmentos de *El rey Lear*. Era actor de teatro y hacía poco que había vuelto de Londres, donde había protagonizado obras shakesperianas. Era como si nos hubiera unido un algoritmo muy preciso.

La lengua inglesa está llena de frases hechas que puedo utilizar en lugar de explicaciones. A los que me preguntan cómo va el tema con el chico del parque, les digo que está «out of the picture». Quizá no es el uso correcto de la frase pero suena lo bastante definitivo como para disuadir al interlocutor de seguir preguntando.

Hannah, vecina de Crown Heights, me habla del contrato social y no sé qué teoría que involucra 58 personas en un pueblo. Llevo veinte minutos sollozando delante de ella, lejos de los confines de la dignidad y la belleza. El camarero ronda a nuestro alrededor esperando el momento para dejar la cuenta de una botella de pinot gris que lleva más de una hora vacía. Hannah dice que la tecnología facilita la crueldad y que yo, la persona ignorada, merezco empatía y un cierre para mi historia con Raphael. Su voz me llega como a través de una pantalla de cristal, una reliquia de un mundo perdido de estabilidad y relaciones humanas responsables.

La vida en Nueva York se ha caracterizado por incluir estos episodios de colapso. Pierdes una conexión, lees alguna noticia de casa, y de repente la estructura que sostiene tu existencia empieza a tambalearse. En los albores de mi tercer año en la ciudad, me he vuelto una experta en reconocer este tipo de episodios. Lo llamo «estar dentro de la tienda».

Poco después de mi precipitada marcha de Jerusalén, me encontré atrapada en un mal viaje de LSD dentro de una tienda de campaña en un descampado de la Cataluña interior. Mi amiga roncaba a mi lado y las alucinaciones me mantenían pegada al suelo. A mi alrededor, la tela palpitaba como si fuera un tejido cancerígeno donde se proyectaban todas las inseguridades, traiciones y fracasos de mi vida. Me poseyó la certeza de que nunca conseguiría abandonar aquel festival sórdido, ni probablemente aquella tienda, y que nunca más experimentaría nada similar a la alegría o la serenidad.

El estado de pánico se alargó hasta la madrugada. Cuando por fin salí al descampado, y sentí la primera brisa del día agitándome el pelo, y vi mi coche preparado para llevarme a Barcelona en cuanto yo lo decidiera, me resultó incomprensible que durante todas aquellas horas terribles no se me ocurriera en ningún momento que podía simplemente abrir la puerta.

El rostro preocupado de mi madre brilla en la pantalla partida de mi iPhone mientras le hablo sobre el declive de la civilización y el fin de la humanidad. Le explico el concepto *ghosting* con cierta vergüenza generacional. Confusamente, culpo de mi situación al hecho de no haber sido vendida de muy joven a un matrimonio de conveniencia.

El séptimo día de silencio le he enviado un mensaje a Raphael. El lenguaje es informal pero oculta una llamada desesperada. Veinte horas después llega la justificación. Me cuenta que los *high holy days* son días muy absorbentes, y aún se alargarán una semana más. No sabré nada de él, ni lo veré, hasta entonces.

He llegado a la edad en la que una llora en las lavanderías chinas y piensa en abandonar la ciudad. Pero para mí las lavanderías se han convertido en un refugio inesperado. Arropada por el rumor perezoso de las lavadoras y la cháchara irrelevante de la CNN, leo que los *high holy days* que van del Rosh Hashanah al Yom Kipur son «un viaje épico para el alma». Dice la Wikipedia que en hebreo se conocen como Yamim Noraim: los días temibles.

Un compañero de trabajo me pregunta si haré ayuno por Yom Kippur. Bromeo con el hecho de que he comido solo una ensalada ligera en solidaridad «con mi gente».

Un pensamiento en la cola de la ensalada: la mayoría de artículos que enumeran las fases del duelo olvidan mencionar el aburrimiento.

No he encontrado una terapeuta disponible en la ciudad y estos días mantengo conversaciones con una imaginaria. Lleva un jersey grueso de cuello alto y sostiene un cigarrillo perenne en la mano izquierda. Con su voz tranquilizadora de doctora Melfi, me dice que he vuelto a ser víctima de mis mitologías. Enumera todas las veces que he proyectado fantasías salvajes en personas que apenas conocía, y destaca el hecho de que cada vez la misma urgencia violenta me alejaba de la perspectiva y la lógica, y que cada vez la infatuación se disolvía rápidamente en el olvido, en los mejores casos, o se convertía en asco activo en los peores.

Melfi culpa de mis males a un temperamento femenino esculpido durante décadas de infantilización, esclavitud doméstica y una concepción de la propia importancia enteramente basada en la aprobación masculina. Me provoca, sugiriendo que encarno aquella espantosa definición de la mujer moderna que una vez encontré hojeando un libro de ensayos en Barcelona. La autora era una judía italiana que había sobrevivido al fascismo, el fascismo *original*, y su diagnóstico era implacable: las mujeres no serían realmente libres hasta que no superaran su tendencia a caer en pozos oscuros de melancolía, de revolcarse en la autocompasión en lugar de comprometerse con las cosas importantes de la vida, y disfrutar de los placeres cotidianos con la alegría espontánea y despreocupada de los hombres.

Asiento con la cabeza, fingiendo que absorbo lo que me dice. En realidad solo utilizo sus trucos para atravesar el barro. Mis mitologías permanecen intactas. Sé perfectamente que sus argumentos son las tristes frases de consolación que nos repetimos cuando queremos distraernos de un hecho central de la existencia. Que la atracción es brutal y arbitraria, que solo unos pocos llegan a experimentar un estadio superior de conexión, y que el resto tiene que conformarse con un sucedáneo o lo que sea que les quede para no pasar por la vida totalmente solos. Que un segundo de esta conexión es un millón de veces más válido y digno que la totalidad de su parloteo racional sobre autosuficiencia y autoconocimiento.

Hace al menos media hora que divago y Melfi me observa con un cansancio milenario y durante un bueno rato dejamos pasar el tiempo en silencio, compadeciéndonos la una de la otra.

Raphael reaparece en cuanto se acaban los días temibles. Tomamos alguna cerveza en el bar de la esquina. Le hablo de banalidades laborales como si no llevara semanas retorciéndome como un animal herido. Cada vez que viene a casa, Summer se encierra en la habitación para evitarlo. Dice que tiene algo turbio en la mirada. No consigo desengancharme porque el sexo con él es *abstracto*, el tipo de sexo que te eleva a un estado de ausencia de pensamiento en que todo se difumina, incluyendo a la otra persona, y que debe de ser la versión profana del nirvana. Pero después vuelve siempre a la frialdad distante y sale a la escalera a fumar y a escribir cosas en una libreta. Una vez lo sigo con una manta y me abrazo a él. Él sigue escribiendo. Me observo desde fuera con curiosidad, pensando que así es como se ve a una persona de veintiocho años en su punto más bajo.

A medida que pasan los días me doy cuenta de que la personalidad de Raphael tiene poco que ver con la del superhombre que había proyectado. Sus largos silencios no son la expresión de una templanza ejemplar, sino que tapan una falta elemental de cosas interesantes que decir. Empiezo a sospechar que no vive en ningún sitio y duerme rotatoriamente en las casas de las personas que conoce leyendo en los parques. El tiempo entre encuentros se va espaciando, y antes de Navidad hemos dejado de escribirnos definitivamente.

Summer aprovecha que me alejo unos días para comunicarme que se va de Nueva York. Ha ido de visita a Jamaica y ha llegado a la conclusión de que la vida que lleva en la ciudad no merece la pena de ser vivida. Buscará trabajo en Los Ángeles, se teñirá las cejas de rojo, dejará de ponerse jerséis negros de cuello alto y de encerrarse en la habitación por la noche en estado de abatimiento y derrota. Sus argumentos son razonables pero yo solo veo traición y abandono. Realquilo su habitación a una estudiante de la NYU que me pagará directa y puntualmente a través de la cuenta bancaria paterna. La vida se convierte en un ir y venir de Crown Heights a la oficina, en una sucesión de unidades de tiempo idénticas entre sí.

*   *   *

Alrededor de Bryant Park abundan los negocios destinados a la alimentación hipereficiente de oficinistas, una alimentación optimizada para garantizar a la vez el mínimo tiempo de espera y la mínima cantidad de calorías necesaria para evitar el colapso de los órganos. Estos locales no tienen mesas —asumen correctamente que el oficinista comerá de cara a la pantalla— y aprovechan el espacio con un sistema similar al de los controles aeroportuarios. Venden ensaladas regadas con alguna proteína ínfima, en boles redondos de cartón que aseguran ser orgánicos y reciclables. Las colas son eficientes y silenciosas, los cuellos encorvados sobre los móviles, ojos y pulgares entregados a la redacción productiva de mails e informes. A menudo el oficinista ya ha encargado la comida mediante una aplicación y solo espera su turno para recogerla.

Entregada a las costumbres de mi nuevo entorno, almuerzo cada día una ensalada de quince dólares con la mirada fija en el ordenador de la oficina, desde donde cada tarde hacia las cuatro veo caer la noche sobre los rascacielos de Midtown.

Empiezo a anotar en una libreta, con espíritu clínico y controlador, el momento exacto en que se produce el vaciado diario de endorfinas. Es una sensación de caída libre que me obliga a abandonar bruscamente tareas y reuniones para ir a sentarme en una de las butacas orejeras que encaran el ventanal de 43rd Street. Ahí puedo apagar el cerebro y mirar las miniaturas del fondo de la calle, y caer en una somnolencia donde se suceden fantasías sobre Barcelona, que últimamente imagino como un espejismo mediterráneo.

Pienso de vez en cuando en Bookworm. He llegado, al fin, a su ciudad.

A cambio de aplastarme, la ciudad ofrece una gama amplia de paliativos. Están las clases de HIIT, pilates y variantes, donde puedes encerrarte en un sótano de luces de neón y someter la musculatura a un paroxismo de tensión y agotamiento. Está el centro de meditación trascendental de Downtown Brooklyn, donde pagas la voluntad a cambio de un regreso garantizado a la serenidad perdida. Ahí se reúnen madres, estudiantes de posgrado, freelancers inciertos de los que normalmente encuentras encorvados sobre el portátil en las cafeterías, que son las oficinas de los autónomos y los parados; ninguna noción romántica de confidencias compartidas y lecturas que se deslizan sobre el aroma de espresso; a las cafeterías se va a acumular ansiedad redactando cartas de motivación personal hasta las seis de la tarde, hora de activar los músculos flácidos y agarrotados para dirigirse al centro de meditación trascendental o al local paliativo de preferencia.

Me sorprende encontrar a un hombre rapado al cero con túnica granate. Esperaba una aproximación más urbana y despreocupada al budismo zen. El hombre me conduce a una habitación con un pequeño altar de flores y velas y unos plátanos que he comprado en el súper de la esquina, después de que me recordaran en recepción que tenía que ofrendar alguna fruta. El hombre rapado explica que va a proporcionarme mi mantra, que es personal e intransferible, que no puedo pronunciarlo en voz alta ni compartirlo nunca con nadie. Tras unos instantes de respiración profunda con los ojos cerrados, el hombre pronuncia una palabra de dos sílabas seguida de unas instrucciones. Tengo que repetir el mantra durante dos sesiones de veinte minutos, por la mañana y por la tarde, en una posición cómoda y con los ojos cerrados; pronto empezaré a notar los nervios y la angustia sedimentándose como lo hacen las partículas díscolas en las bolas de nieve. Si tengo hijos o perros o marido es mejor que cierre la puerta con llave durante mis veinte minutos de relajación.

No tengo ni hijos ni perros ni marido y quizá es parte del problema. Es un pensamiento nuevo, cristalino, que irrumpe con una claridad cruel el día que se funde la bombilla del baño y se emboza el inodoro y no tengo nadie en quien delegar la tarea de resolverlo. Este pensamiento es como una cucaracha tóxica que se ha hecho un nido en mi oreja. Me susurra a todas horas que una vida solitaria es deprimente y antinatural, que los fuegos artificiales se acaban tarde o temprano, que el maquillaje cae y hay que tener a alguien al lado con quien emprender el largo camino hacia casa. Todo el mundo en el fondo, me asegura la cucaracha, conoce y acepta este hecho ancestral, y solo fingen creer que es posible una vida atomizada e independiente. Pero cada vez menos gente tendrá ánimo para fingir y las cosas volverán mansamente a su orden natural, y los solitarios y sobre todo las solitarias vagarán por el purgatorio marcados por el aura pestilente del fracaso.

El monólogo virulento de la cucaracha me taladra la oreja también en Jimmy's Corner, mientras intento empatizar con una compañera de trabajo que me cuenta sus problemas sentimentales. Jimmy's Corner es quizá el único bar de Midtown que se ha mantenido lejos del espíritu aséptico y eficiente del entorno oficinista. Es un pasillo atestado, bullicioso, pegajoso de sudor y cerveza, con fotos de boxeadores célebres en las paredes. Los sonidos salen de la boca de mi amiga como deformados por un modulador de voz. Asiento mecánicamente mientras una parte de mi cerebro teledirigida por la cucaracha mantiene contacto visual con un chico visiblemente ebrio que está sentado en el suelo dos mesas más allá. Lleva gafas finas y tiene un aura inexplicable de pertenecer a otra época y a otro continente. Parece que venga de repartir octavillas marxistas en un campus nevado durante la República de Weimar.

Cuando me pongo la chaqueta para irme, el chico se acerca haciendo eses y me pone un papel arrugado en la mano. Ha anotado un número de teléfono y un nombre escrito con caligrafía infantil que retendré durante días en la punta de la lengua, saboreando su regusto griego y prometedor.

* * *

El dentista mira horrorizado el resultado del escáner y despliega una pantalla extensible. Aparecen una serie de diapositivas con nombres de procedimientos, cifras y plazos urgentes. Las lee con gravedad como si fueran el veredicto del tribunal de Núremberg. Me acusa de tener la cavidad bucal de una mujer de las cavernas. Sus dientes perfectos refulgen como una sierra eléctrica en una pesadilla mientras enumera caries, imperfecciones y elementos desplazados.

A la vergüenza del fracaso bucal se suma el desasosiego de las cifras presentadas: miles y miles de dólares que la aseguradora no cubre. Salgo de la clínica a los rascacielos de Wall Street y me arrastro hasta la oficina, abrumada por mi nueva condición de enferma dental y por la imagen siniestra de unos túneles pútridos atravesándome las encías. Esa misma noche, como para confirmar la derrota, el viejo socialista judío es eliminado de las primarias demócratas.

*   *   *

Milo me cita en un *dive bar* del West Village. Me lo encuentro leyendo el *New York Times* en papel, con el mismo aspecto de ser un error de casting que tenía en Jimmy's Corner. Lleva sudadera y el pelo cortado en forma de bol invertido, lo que le da un parecido razonable a Al Pacino de joven. Me explica que es californiano, nieto de una de las primeras montadoras de cine de Hollywood. Lidera un grupo de lectura marxista que se reúne una vez por semana en el Lower East Side. Imparte clases de sociología en el campus del Bronx de la CUNY, la universidad pública, y dos veces al mes va de voluntario a la prisión de Rikers a asesorar legalmente a los presos.

Por la noche, mirando películas montadas por la abuela de Milo en su piso de Upper West Side, bajo una estantería caótica repleta de clásicos de la sociología alemana, el futuro se alinea de nuevo ante mí: Navidades en Barcelona, veranos en Los Ángeles, mañanas de leer la prensa en papel mientras los niños corren por el jardín.

Esta vez la realidad irrumpe con brutalidad. El virus es un rumor lejano e imposible hasta que de pronto deja de serlo. Primero están las bromas en la oficina, después las noticias alarmantes de contagio, después la orden emitida desde la matriz de la empresa de que todos los empleados trabajen desde casa. Quedamos con Hannah en mi escalera exterior para intentar dar un sentido a los titulares. Planifica huir a Colorado, a la remota granja donde viven sus padres. Le digo que exagera pero el día que decretan el confinamiento en Cataluña compro un vuelo directo a Barcelona para el día siguiente. Hago una maleta ligera, pensando que volveré al cabo de unas semanas.

Al entrar en el aeropuerto de Newark me doy cuenta de que me he dejado el móvil en el taxi. Salgo a tiempo para ver cómo se aleja, lentamente pero sin detenerse. Dentro están los contactos, las fotos, los mensajes enviados y recibidos durante casi tres años, y también el número de Milo, de quien nunca he sabido el apellido. Comprendo que ha sido solo un último espejismo en la última curva de la última huida. El taxi desaparece entonces entre el tráfico difuso de New Jersey, y la imagen es lo bastante explícita como para hacerme entender que la pandemia es solo una excusa y que ya hace tiempo que ha llegado la hora de volver.

5

MATAR EL NERVIO

Desde el balcón se ve el portal donde se conocieron. Ninguno de los dos estaba preparado para aquel momento. Ella tendría poco más de treinta y seis años y nunca había imaginado una vida fuera del marco pulcro donde vivía: un matrimonio distante pero respetable, dos hijos sanos y sin taras evidentes. No era feliz, pero tampoco lo contrario, la vida era lo que era y ya está. Nunca tendría que preocuparse por las estrecheces económicas que sumen a la gente en angustias perversas y a veces letales. Él, por otra parte, había conocido bien aquellas angustias, pero las había encarado con una furia y un genio que lo dignificaban. Venía de un mundo violento y lejano. Algún día le hablaría de aquel mundo, y a ella sus aventuras le parecerían dignas de una novela o una autobiografía y efectivamente lo serían. Pero ahora y aquí él era un indocumentado, otro muerto de hambre sin papeles, y realmente no pintaba nada en la mansión del Vallès adonde había ido a parar aquella tarde de primavera por un capricho del destino.

Me lo explicaron el día que cumplí dieciocho años. Habíamos cenado en un japonés de Barcelona e íbamos por el postre cuando se me ocurrió preguntarles cómo se habían conocido. Se miraron un momento y decidieron que ser mayor de edad me capacitaba para recibir una respuesta. Al fin y al cabo me había preparado para hacer la pregunta, que hasta aquel momento, de forma seguramente reveladora pero totalmente inconsciente, nunca se me había pasado por la cabeza hacer. La explicación se alargó más allá de los cafés y los digestivos y las botellas de vino blanco que fuimos vaciando a medida que avanzaba el relato.

Ella abrió la puerta y hubo el instante de reconocimiento en el portal, en realidad nunca se habían visto pero sería incorrecto decir que se conocieron entonces; fue más bien la identificación de una cosa a la vez pasada y futura a la que habían pertenecido sin saberlo. Después se sentaron juntos y se explicaron el tipo de cosas que normalmente no explicaban a nadie, a menudo ni a sí mismos, mientras los familiares de ella pululaban a su alrededor, entre ellos el hijo mayor vestido de comunión, siempre abstraído y ensimismado, y la pequeña, que parecía un niño con su pelo corto y gafas de culo de vaso.

Salí del restaurante en estado de conmoción. De camino a casa pensaba en la continuación de la historia; las esperas y los secretos, las angustias y esperanzas, y todo lo que había conducido a esa misma noche en el restaurante japonés. El relato que acababa de escuchar abría la vida a posibilidades insospechadas, pero también subía el listón de lo que tenía que ser una historia de amor. Tenía que ser algo grandioso e imparable, una apisonadora que allanara todos los obstáculos y se impusiera inevitablemente. Tenía que significar el encuentro con un alma afín, quizá la única que existía; un reconocimiento profundo y absoluto y triunfal. En paralelo aparecía un miedo, la sospecha vaga de que esto solo le pasaba a un puñado de afortunados y que era posible perder la vida en una espera inútil.

Pero en adelante ya no podría perder el tiempo con medias tintas. Antes de llegar a casa le envié un mensaje a mi novio del momento, un novio genérico de adolescencia, para anunciarle que ya no nos veríamos más.

* * *

Antes de dormir le preguntaba a veces a mi madre cómo lo notaría si alguna vez me abducía una nave extraterrestre y me sustituía por un clon. Respondía con tranquilidad que me acercaría un pedazo de queso a la nariz y esperaría a ver mi reacción. En caso de duda, me ofrecería ponerme una prenda que no fuera estrictamente neutral o masculina. Si aceptaba cualquiera de las dos cosas, es que no era yo.

Cuando enseño fotos familiares tengo que especificar que soy el niñito feo, con gafas y las paletas separadas que se esconde tras las piernas de algún adulto. Hasta la primera adolescencia parecía uno más del grupo de primos varones con los que crecí. Las cosas de niñas eran *cursis*, es decir banales y despreciables. En realidad me impresionaban y me daban un poco de miedo. Una vez incluí en la carta a los reyes una muñeca-hada estilizada, con un tutú de gasa y una varilla mágica en la mano, que había visto en las páginas rosas del catálogo de juguetes. Me latía el corazón como si fuera una transgresión arriesgada que podía exponer, si era descubierta, aspectos peligrosos e impredecibles de mí. Cerré el sobre a conciencia para que ningún familiar pudiera leer la carta, y me aseguré de que mi madre se la entregara en mano al paje del rey negro. Al día siguiente, cuando apareció la muñeca entre los regalos, fingí un asco ofendido ante esa confusión de los reyes.

Tenía once primos en total, siete por la parte materna y cuatro por la paterna. Las pocas chicas, que con el tiempo se volverían muy importantes e incluso centrales e imprescindibles, vivían en ciudades lejanas o llegaron demasiado tarde. Los fines de semana en casa de la iaia, en el Vallès, solían ser un asunto estrictamente masculino. La iaia no tenía ninguno de los atributos habituales con que identificamos a la típica abuela. No cocinaba, porque nunca había tenido que cocinar, y en su casa nos alimentábamos de unos raviolis incomprensibles, verdes y recubiertos de mostaza. La iaia era esbelta y elegante, de una excentricidad que todo el mundo toleraba por su condición de artista, y quizá porque era la esposa de un reputado empresario.

La casa tenía un pasillo eterno con las paredes forradas de recortes de periódicos, pinturas y poemas de cumpleaños dedicados al abuelo en sus décadas redondas. La sala de estar era sobria y señorial, de muebles robustos y retratos al óleo enmarcados en las paredes. Rodeaba la casa un jardín que era como un océano, verde y ondulante e inacabable, lleno de rincones que eran como pequeñas repúblicas isleñas. Estaba el rosal, los columpios oxidados, la piscina, el arenal donde construíamos civilizaciones con infraestructuras y leyes propias, la pista de frontón siempre desierta al fondo de las dunas de césped.

Las interacciones entre la iaia y su marido eran mínimas y funcionales. No sabría decir si eran particularmente hostiles o si solo tenían la pátina de resentimiento que barniza todas las relaciones largas e infelices. Dormían en extremos opuestos del pasillo de los recortes. A menudo invadíamos la habitación de la iaia para experimentar con las demenciales máquinas de ejercicio que acumulaba, pero solo recuerdo haber entrado en la del abuelo cuando yacía en su lecho de muerte. Sus caracteres eran tan opuestos que te hacían dudar si habrían aguantado tanto tiempo juntos en una época más propicia para el divorcio. El abuelo era autoritario y metódico, la iaia despistada y veleidosa. La iaia pegaba en los muebles adhesivos de propaganda para la difusión del catalán, el abuelo las arrancaba con desprecio minutos después. Ambos provenían de pueblos del interior, pero tenían aproximaciones diferentes a la cuestión lingüística y a todas las cuestiones elementales de la vida.

El abuelo tenía una mitología personal de protagonista de novela decimonónica. Había salido de un pueblo adusto y decadente y a base de ingenio y determinación había levantado la empresa que nos garantizaba a todos una vida holgada. Irradiaba un desprecio frío hacia las facilidades que disfrutábamos sus nietos sin haber hecho nada para merecerlas. Pasó gran parte de su infancia escondiéndose de la guerra, o trabajando el campo de sol a sol, con el padre preso en Barcelona. Su padre era calvo y fornido, con unas gafas de culo de vaso que le hinchaban cómicamente los ojos. En un retrato aparece apoyado sobre una pala en un horno de cerámica, sucio y curtido por la jornada, con las gafas gruesas e incongruentes en el rostro áspero. Durante la República había sido el alcalde de su pueblo de quinientos habitantes en el límite entre la Anoia y la Segarra. Más que un pueblo era un conjunto disperso de masías expuestas a las inclemencias del tiempo, de las fuertes heladas del invierno al calor tórrido de los veranos. Era una zona fronteriza en todos los sentidos: lo había sido entre el imperio Carolingio y el califato de Córdoba, entre la Cataluña Vieja y la Nueva, y se encontraba también al límite de la capacidad de supervivencia de sus pocos habitantes. Hasta bien entrado el siglo xx cultivaban solo trigo de secano, y dependían de forma absoluta de una única cosecha anual, sin las alternativas disponibles en las zonas de regadío. Una mala cosecha significaba estrecheces durante un año; dos malas cosechas una ruina sin atenuantes. El punto de encuentro más cercano era el mercado de Calaf, un lugar gélido e inclemente. Un país así producía de forma natural personas adustas, desconfiadas por instinto.

Todo eso lo aprendería muchos años después de la muerte del abuelo. La curiosidad se me despertó en uno de esos momentos de juventud tardía en que empezamos a mirar las cosas y las personas próximas con repentina extrañeza, y después de ignorarlas y despreciarlas toda la vida nos invade un afán imperioso por comprenderlas. Durante la República el alcalde cosechó el trigo de los terratenientes huidos, y con la ayuda de una subvención de la Generalitat utilizó las ganancias para financiar la primera escuela del pueblo. Tres semanas después del final de la guerra unos vecinos lo delataron a los nacionales por el robo del trigo. Lo salvó del fusilamiento sumario su mujer, que se hizo con los servicios de un buen abogado de Barcelona pagándole con gallinas que bajaba del pueblo. Las gallinas eran una *delicatesen* inimaginable en la ciudad hambrienta, y sus hijos las custodiaban con navajas cuando bajaban en tren para ofrecérselas al abogado.

El padre del abuelo se pasó la posguerra preso en la Modelo, donde trabó amistad con el cura por ser el único republicano que sabía decir misa en latín, y donde consiguió un lugar privilegiado en la biblioteca penitenciaria. Cuando salió, su hijo tenía catorce años y ya se había situado como hombre de la casa. La primera actividad de la familia reunida fue subir a Montserrat y agradecer el reencuentro a la Moreneta durante tres días de oración ininterrumpida.

La versión de los hechos que circulaba en la familia era que tener el padre preso marcó al abuelo con la ignominia de ser un *rojillo*. Los niños del pueblo susurraban el insulto cuando querían provocarlo, pero siempre de lejos, según explicaba él mismo, porque sabían que las devolvía. Pero una vez liberado su padre se tranquilizó al ver que las vacas sagradas del pueblo, los que habían apoyado a los nacionales desde el principio, saludaban al exalcalde con respeto. Ya fuera por la vergüenza residual de esta infancia acomplejada o por motivos más prosaicos, ya de adulto despreciaba el repentino antifranquismo que de la noche a la mañana todo el mundo aseguraba haber mantenido en secreto. No le importaba reconocer que el régimen había traído orden a su vida, apaciguando el fuego de venganzas personales que había envilecido el pueblo y permitiendo que se labrara su carrera de empresario. El régimen había propiciado un entorno fértil para caracteres como el suyo, forjados por las inclemencias de la época y de la vida en el interior, con poco espacio para abstracciones e idealismos, centrados en el objetivo inexorable de mejorar sus condiciones de vida.

En las dificultades de esa época se forjó el carácter de una generación, la mía, y se fraguaron los cimientos, hoy todavía poco valorados, de la España que hoy disfrutan mis hijos y que mañana disfrutarán mis nietos.

Así se lo resumió meses antes de morir a un hombre que contrató para que escribiera su biografía. El libro se autoeditó en castellano, lengua que aprendió poco antes de la adolescencia, y mandó a sus hijos que imprimieran miles de ejemplares. Tal vez daba por sentado que unas ventas apoteósicas serían el éxito final en la cadena de éxitos que había sido su vida. Durante décadas lo tuve abandonado entre los libros que acumulaba en mi dormitorio. El objeto en sí me daba una vergüenza inexplicable, la cara sonriente del abuelo mal recortada en la portada, el título empalagoso y la textura brillante y ramplona de las páginas. La prosa era hagiográfica y llena de clichés. En general sentía una alienación mal digerida respeto a sus hazañas de empresario hecho a sí mismo. Para mí seguía siendo un desconocido, un hombre despótico a quien se tenía que escuchar en un silencio petrificado en las comidas del domingo. Había triunfado en todos los ámbitos terrenales, pero no podía pretender conquistar también el reino más sagrado y trascendental de la literatura; el atrevimiento era casi ofensivo. También, y esto solo lo comprendería más adelante, percibía que aquel hombre era el origen de sufrimientos que habían atormentado la juventud de mi madre, y que aquel malestar que sentía en su presencia era un poso que me había sido transmitido de manera totalmente silenciosa y orgánica.

Esta aversión era seguramente mezquina y desagradecida. Al fin y al cabo el abuelo fue un hombre decente, trabajador y obstinado, un padre de familia firme que garantizó abrigo y alimento a sus hijos. No se le conocían amantes ni descendencia ilegítima. Podría haber sido uno de aquellos vividores que enamoraban y preñaban y abandonaban a las mujeres y aparecían una vez al año con un regalo comprado en el duty free del aeropuerto, lanzando promesas al aire y pidiendo cuatro duros para el taxi. Pero no; su principal defecto había sido no saber comunicarse con la gente a quien más tenía que amar y proteger, haciendo que se sintieran desvalidos y rechazados. Seguramente todas las acusaciones de pereza y desidia que disparaba contra mi generación eran ciertas en esencia. La ociosidad y la falta de adversidades nos habían vuelto blandos y lentos de reflejos; éramos gente que aspiraba a carreras artísticas y que recurría a la queja y el lamento como reacción primaria hacia el mundo. Pero todo lo que tenían de cierto sus acusaciones lo tenían de tedioso y previsible. En dos generaciones la ruptura había sido absoluta.

En sus últimos días, con el cáncer ya muy avanzado, organizó su propia extremaunción en la casa del Vallès. Estando toda la familia reunida con el cura, llamó al timbre un conocido que pasaba a saludar. El abuelo lo hizo entrar con un grito y el hombre tuvo que quedarse hasta el final de la ceremonia. Es el último recuerdo de él que conservo, el abuelo respirando con dificultad en la solemnidad de aquel ritual arcaico e incomprensible a mis ojos de niña de doce años, con el vecino atemorizado encogiéndose en el sofá y deseando que se lo tragara la tierra. Esto y que en su entierro, que tuvo lugar pocas semanas después en la iglesia de la esquina, y al que asistió una multitud que irradiaba respeto y estima y reverencia por el abuelo, no vi a ninguno de sus hijos llorar.

*   *   *

El catalán era el idioma familiar, materno, íntimo; el de la iaia y los compañeros de clase. El castellano era para los libros, el cine, cualquier forma de expresión escrita que aspirara a una mínima elevación.

El independentismo folclórico que reproducían mis compañeros de clase en los noventa era una anécdota risible que se tenía que atribuir a la cortedad de miras y el tribalismo de los padres. Era importante reírse de ellos y demostrar siempre que se apoyaban las fuerzas del progreso, que en este caso coincidían con las fuerzas del Estado.

Estos hechos eran tan naturales y evidentes que ni siquiera hacía falta comentarlos en voz alta.

*   *   *

Es diciembre y estoy en Barcelona de visita, aprovechando las vacaciones de Navidad de la beca en Nueva York. En Nueva York he asistido a seminarios académicos donde se analiza el sur de Europa en términos antropológicos: los pueblos como lugares primitivos regidos por códigos y lazos tribales que frustran todo intento de progreso. Los dirigían profesores asociados en la treintena, ansiosos y mal pagados, que se apresuraban a aclarar que estas nociones eran prejuicios de antropólogos anglosajones insensibles-colonialistas-racistas. A estos profesores les agobiaba tanto la conciencia de sus privilegios que no podían pronunciar una sola frase de forma genuina o espontánea. Planeaba siempre el peligro de una acusación de insensibilidad, racismo o imperdonable perspectiva colonial. Como resultado todo quedaba envuelto en un habla académica enrevesada que hacía imposible ningún tipo de comunicación efectiva, pero que garantizaba el fluir pacífico y soporífero de los seminarios.

Los seminarios tenían lugar al mismo tiempo que en Cataluña parecía inminente la ruptura con España. Era el otoño de 2017, el primero que pasaba en Nueva York, y mi turbación era tan evidente que uno de los profesores asociados me eximió de ir a clase, añadiendo en el mail que «it must be hard to be away from home during these trying times». Pasé los siguientes días tumbada en la cama en posición fetal, en estado de alienación, el móvil pegado a la cara. Por la tarde me arrastraba hasta la cocina para hervir una olla de espaguetis blancos. Incluso teniendo en cuenta las implicaciones de lo que pasaba en casa, me sorprendía la profundidad de mi turbación. Hasta entonces la historia había sido algo que les pasaba a los demás; los asuntos políticos de mi país me habían afectado solo de forma vaga y conceptual. Summer, mi nueva amiga jamaicana, me escuchaba con paciencia y yo veía cómo su espíritu ponía los ojos en blanco: Jamaica llevaba semanas bajo toque de queda militar, cada día leía noticias de muertes arbitrarias, allí los *trying times* eran el pan de cada día. Pero para mí este sentimiento crudo y animal era totalmente nuevo. Era molesto, sobre todo, e incompatible con el concepto que tenía de mí misma como persona racional y objetiva. El mismo sentimiento peligroso se había desatado entre familiares y amigos; lo notaba en los mensajes febriles que intercambiábamos a ráfagas y que al cabo de apenas unas semanas nos resultarían patéticos.

La decisión no es premeditada. Estoy de visita en Barcelona y es la comida de Navidad y la mesa analiza las posibilidades de mi última pareja, un mexicano de padres catalanes con piso propio en el Lower East Side. El veredicto unánime es que no llegará al verano. El otoño caliente ha terminado con la intervención del Estado, para satisfacción general de mi familia. Pero aún noto dentro mí el latido de la turbación animal, y me escucho pidiéndole a mi madre que me acompañe al pueblo del abuelo, el pueblo de su padre, del que su abuelo fue alcalde. De repente me parece extrañísimo no haberlo visitado nunca en la vida y se me presenta como una pieza clave en la genealogía de la turbación.

Mi madre tampoco ha ido nunca al pueblo. Cuando nacieron ella y Dolors, su hermana gemela, la familia ya vivía en el Vallès, al principio en un apartamento encima de la recepción de la tienda del abuelo, más tarde en la casa del pasillo y el jardín oceánico. Tampoco ha abierto el libro autoeditado del abuelo, del que finalmente decidieron no imprimir miles de copias, limitándose a repartirlo entre familiares y conocidos. Conducimos ahora por la carretera que sube al pueblo, situado en lo alto de una colina que se eleva sobre la llanura. Nos detenemos en la plaza mayor y comentamos con un deje nervioso la calidad inhóspita del entorno. Hay un dálmata errante, un columpio oxidado y un edificio que parece tapiado desde la época carolingia. El pavimento refulge con los restos de una helada reciente. Todo nos recuerda que somos extranjeras, prácticamente extraterrestres, que en ese entorno perderíamos la cordura en cuestión de días.

Aun así intento establecer una conexión e imaginar qué parte de mí se debe a la llanura reseca que se extiende a ambos lados, y de recrear la sensación de arraigo y pertenencia y orgullo que sé que algunas personas llegan a experimentar en este tipo de ocasiones. La verdad es que no siento absolutamente nada.

Así concluye mi intento de arraigar en el país a través del linaje, uno de los muchos intentos fallidos de arraigo que se han sucedido durante mi juventud.

*   *   *

Entramos en el santuario. A los pies de la Virgen, le ofrecí una vez más en nombre de la Moreneta toda mi vida y mi amor:

—¿Nos casamos y formamos una familia?

—Casémonos y formemos una familia.

Nos besamos largo rato con la bendición de la Moreneta. Éramos felices en aquel instante y lo seríamos por toda la eternidad.

El taller de la iaia era un caos delirante que saturaba la imaginación infantil. Ocupaba el desván de la fábrica que había levantado el abuelo después de abandonar el pueblo. Para acceder al taller había que atravesar el rugido infernal de la maquinaria industrial, y subir por una escalera estrecha que desprendía un olor dulce y tórrido de barros secos. Más que un taller era un paisaje, las mesas invisibles bajo montones de materiales, recortes de revistas, maquetas a medio hacer de sus creaciones. De vez en cuando desenterrabas alguna de las muñecas de cerámica que había vendido antes de entregarse al arte conceptual. En el taller, cualquier forma de creación practicada por los nietos de la iaia recibía el tratamiento más distinguido. Un garabato espantoso acababa enmarcado en la pared como si estuviera firmado por Rothko.

Conoció al abuelo a los diecinueve. Durante un tiempo dejó que la cortejara de forma sistemática y diligente. Todas las semanas él cogía la moto desde la Segarra y se plantaba en el Bages para verla, con la excusa de hablar de negocios con el que sería su suegro. Era un contratista de obras que tenía unos almacenes de distribución de materiales de construcción, y veía con buenos ojos que aquel joven emprendedor se interesara por su primogénita, que trabajaba desde jovencita en la tienda y a la que había educado como si fuera un heredero. Así la iaia había crecido con una idea optimista y quizá distorsionada de lo que la sociedad esperaba de una mujer, y nunca supo amoldarse al rol. Tampoco le hizo falta: los éxitos empresariales de su marido le permitieron centrarse en diseñar esculturas abstractas, escribir poesía en el círculo local de mujeres, viajar y financiar proyectos culturales.

Su visión artística pasaba por menospreciar todo lo convencional o figurativo. Si hubiera podido, habría prendido fuego a toda la obra del Museo del Prado por obsoleta y superada. El arte tenía que ser algo inesperado, cuanto más incomprensible y desconcertante mejor. Es decir, el arte tenía que ser un reflejo exacto de su carácter.

Era un sábado de noviembre y Dolors tenía dieciséis años. Quiso ir al trabajo en moto, desafiando la voluntad de su padre. Chocó frontalmente contra un camión en una curva de la carretera, cerca de la entrada de la fábrica, y murió al instante. Mi madre había llegado temprano a la fábrica y ayudaba diligentemente a embalar muñecas de barro. Un empleado de la empresa la informó de la muerte de su hermana gemela. El día siguiente era domingo y el abuelo anunció a la familia que el lunes nadie se quedaría en casa llorando. Todo el mundo iría a la escuela o a la fábrica. Este fue su único intento de abordar el tema con hijos y mujer.

Delante del taller estaba la escultura en la que se refugió la iaia después de la muerte de Dolors. Desapareció de casa, y empezó a pasar largas horas en el taller, dando forma con las manos a una especie de masa de barro ovalada atravesada por túneles escabrosos.

Con los años depuró una filosofía de vida que la ayudaba a racionalizar el desorden doloroso que siguió al accidente. La autocompasión era una trampa que solo conducía a hacer más hondo el agujero que uno se excavaba. Había que vivir al día, despreocuparse y ocupar la mente con problemas ajenos. Repitió estos mantras hasta el final, todo lo que le permitió la memoria.

Ahora ya he decidido vivir el momento, ¿sabes? Ver qué puedo hacer hoy y no quiero pensar ni en ayer ni en mañana. Porque esto ya lo decidí cuando se me murió una hija, y es que entonces estaba tan triste... que decidí no, esto no puede ser. En esta vida hay que hacer al día lo que puedas. Y mañana también hacer lo que puedas, ya está. Ayer ya ha pasado, ya no puedes arreglar nada. Vivir al día. Vivir al día y hacer lo que se pueda. Y el día anterior, si no ha ido bien, ya no puedes arreglar nada. Vale más no pensar en ello. Siempre hacer lo que se pueda hacer y ya está. Y así el cuerpo está más tranquilo.

Encuentro estas respuestas en unas grabaciones de 2014, justo cuando empezaban a borrársele los recuerdos. En el mismo disco duro hay otro vídeo de la iaia en el Socrates Sculpture Park de Queens, en Nueva York, el año 1992. Este día se inaugura una de sus esculturas monumentales. La escultura, de más de cuatro metros, consta de ocho placas de acero que colapsan las unas sobre las otras, como si las hubiera partido por la mitad un huracán o una carga de dinamita. La ha titulado *La fuerza de una idea*. Ella lleva gafas de sol, el cabello oscuro y ondulado recogido en la nuca y una camisa beige militar remangada hasta los codos. Habla concentrada con críticos de arte que mueven mucho las manos y despliegan la jerga vacía típica de los asiduos a inauguraciones. Nadie diría que apenas chapurrea el inglés y que roza los sesenta años. Rezuma frescor juvenil y la espontaneidad de quien se sabe en la cima de la pirámide y nunca ha vislumbrado ningún obstáculo.

Quiero centrarme en la iaia de estos vídeos, la que aún podía trenzar pensamientos y palabras y no vivía atrapada en un instante siniestro. La que pensaba con una lógica no lineal donde gobernaba la imaginación. La que pronunciaba frases de sobremesa célebres, como esta sobre Estados Unidos, país que admiraba por encima de todas las cosas:

–En realidad, todos los gordos americanos son alemanes.

Iba a menudo a Miami a visitar a su hija mayor, que se había instalado allí de joven y había prosperado. Fue en Miami donde conoció a un exiliado cubano que escribía artículos en la prensa anticastrista y pintaba unos cuadros grotescos y llenos de rabia donde figuras infantiles sodomizaban a los líderes de la Revolución.

Ese cubano se trasladaría en algún momento a España con su mujer e iría a parar al Vallès. La iaia lo invitaría a la celebración de la comunión de su nieto, en casa de su hija, con la intención de que hiciera un poco de vida social. El plan era espantoso pero accedió por cierta deferencia hacia la escultora. Allí en el portal, Juan, el exiliado cubano, conocería a mi madre, que se había levantado a abrirle la puerta.

Muchos años más tarde visitaríamos a la iaia en una residencia y la demencia le había borrado todas las caras y nombres y nociones radicales sobre la finalidad del arte. Lo único que recordaba era el padrenuestro y la habanera «El meu avi va anar a Cuba». Los recitábamos uno tras otro, habanera y padrenuestro, habanera y padrenuestro, sentadas en el aséptico recibidor de la residencia hasta que venía una enfermera a anunciar que se había acabado el tiempo de visita. La enfermera cogía entonces la silla de ruedas con la iaia inerte encima, la mirada vacía y perdida en aquel momento indescifrable, y se la llevaba de vuelta a la habitación. A veces le daban lápices para dibujar y ya solo le salían escenas figurativas, paisajes de trazo infantil con una casa y un árbol y quizá un sol sonriente, que los días buenos aún era capaz de firmar con su nombre.

*   *   *

Decía la leyenda familiar que uno de mis antepasados paternos tenía un vínculo de sangre con el papa León XIII. La leyenda iba mutando con el tiempo: a veces el antepasado era el primo hermano del Papa, a veces era el mismo Papa. Lo que sí parecía cierto es que el abuelo de mi padre se marchó un día de su aldea ínfima junto a una ría de La Coruña para ir a Cuba a hacer las Américas. Su objetivo era hacerse rico para impresionar a una señorita de la familia rica del pueblo.

Después de picar piedra durante meses consiguió trabajo de cocinero en el colegio de los jesuitas en La Habana, el mismo donde se formaría Fidel Castro décadas más tarde. No era el tipo de aventura transatlántica que había imaginado. Cuando estaba a punto de volver a Galicia, igual de pobre pero un poco más viejo y derrotado, tuvo un golpe de suerte y le tocó la lotería. Desembarcó en la aldea rico y triunfal y finalmente se casó con la señorita de buena casa.

De aquella unión resultó mi abuelo paterno, un señor de quien solo recuerdo una silueta observada vagamente durante la primera infancia, y la anécdota familiar repetida mil veces de que la película *ET* le pareció que «no estaba mal pero el monstruo era un poco feo». Era un funcionario acomodado que fue a parar a Barcelona después de rondar por Granada y Lugo. En la calle Gran de Gracia completó su familia de siete hijos y una tortuga, junto a su esposa, una mujer inteligente y devota a quien nunca conocí.

* * *

Es como chupar una babosa, una cosa blanda y grotesca que me llena la boca de calor. No sé qué hacer con las manos y las meto en los bolsillos. La gente se ha alineado en la puerta del local para mirarnos y comentan la jugada sin disimular. Es un buen cotilleo: todo el mundo sabe que Marc tiene novia y me lleva tres años, que a los trece-dieciséis es una diferencia como mínimo digna de examinar. Además es el primer asunto de interés que se ha producido en todas las colonias de inglés, que se acaban en tres días.

Marc abre los ojos azul celeste esféricos, retira la babosa caliente y dice alguna generalidad del estilo «lo siento, pero no puedo». Le han entrado remordimientos por la novia, que hasta ahora había sido poco más que una entelequia.

Se coloca bien la gorra azul eléctrico con un relámpago en el centro y se aleja arrastrando los pies con aire trágico. Así acaba mi primer beso con lengua.

Aún lo veré una vez más antes de volver, el día que nos dejan pasear libremente por el pueblo. Anotaré los detalles del encuentro en una libreta Din A4 forrada con estampado militar.

El último día, el martes 27, Marc y yo quedamos por la mañana en la terminal de buses. Yo estaba ahí sentada cuando llegó, y weno se sentó a mi lado y estuvimos hablando mientras esperábamos el bus cuando de repente me abraza, nos empezamos a acercar como para darnos un beso pero le aparté la cara y le dije ke no lo entendía. Entonces stuvimos un tiempo en silencio y nos empezamos a liar, me abrazó y me dijo ke «me gustas demasiado como para dejarte ir así». Weno, fuimos a un centro comercial y tal, y nos liábamos en cada rincón, en la parada, en el bus, entre 2 estanterías, de nuevo en la parada... entonces cuando volvíamos con el bus, me dijo que le había gustado mucho pero ke era DIFERENTE y ke le gustaría ke las cosas quedaran así. Me sentí fatal. Le dije ke no me gustaba ke la gente jugara así conmigo. Después para despedirnos me dijo ke x favor no me enfadara y le dije «esto no puedes pedírmelo, Marc».

Mi primer amor dura menos de una semana pero se alarga en la imaginación durante un año febril. Lleno libretas de confesiones tortuosas, cojo los ferrocarriles hasta Sabadell, de donde es Marc, y ando arriba y abajo por la rambla con la intención de cruzármelo casualmente. El mal de amores eclipsa la serie de tareas banales y esperas vacías que es la existencia en segundo de ESO. Ennoblece y dignifica la insignificancia de los días.

Es una lección importante que tendrá consecuencias nefastas sobre mis relaciones del futuro. Puedes enamorarte del sufrimiento del rechazo, utilizarlo como protección contra el aburrimiento, hacerte en él una casa y acabar viéndolo como una evidencia de la calidad extraordinaria del amor.

*   *   *

Cuesta discernir dónde acaba el aburrimiento y dónde empiezan las drogas. Pero una vez llegan siempre existe el riesgo de dejarlas y de que el aburrimiento vuelva. El aburrimiento, en parte, es fruto de haber escogido relacionarme con personas interesadas solo en la próxima ingesta y en la rememoración de anécdotas de la anterior. Ya se entiende como se perpetúa el círculo vicioso.

Hemos cogido un tren de cercanías y dos autobuses locales. La rave está en un descampado en las afueras de Castellar del Vallès. Andando por la cuneta de camino a la fiesta me doy cuenta de que no hemos calculado bien la cantidad de M y me asaltan presentimientos ominosos. Hemos estado tragando bombetas como si fueran doritos, ansiosas por sentir algún efecto y sin esperar a que la sustancia hiciera efecto. Error de principiantes. Tengo diecisiete años, hace cuatro días me dejó mi novio de hace tres meses y experimento el abismo totalitario de los primeros desengaños.

La disposición de la rave es la habitual: una pared de altavoces de la que reverbera un tecno agresivo, ante la que se sacude un grupo de personas en trance, como simios adorando un tótem de las galaxias.

¿Quién es toda esta gente? Un fallo de la socialdemocracia; hijos de la clase media con acceso a una miríada de formas de ocio inocuas y constructivas, inimaginables en cualquier otro momento de la historia, que toman semanalmente la decisión de reunirse en un descampado y diluirse el cerebro. No tienen la excusa romántica del punk ni el glamour de la bohemia ni ninguna ideología discernible. Solo un impulso de autodestrucción hedonista y nihilista, nunca articulado de forma consciente. La estética es atroz y demuestra una renuncia definitiva a toda noción tradicional de armonía: cabezas rapadas a clapas, flequillos triangulares cortados a tijera, chándales y mallas agujereadas bajo camisetas amorfas recortadas por las axilas.

Ahora mismo estoy entre ellos. No me planteo mucho por qué he elegido este camino. Debe de haber algo excitante en el aspecto ilegítimo, los viajes en autostop y las caminatas nocturnas hasta claros remotos; el sentirse momentáneamente al margen de la sociedad. Es un juego de rol, como el de los billonarios de la Rusia postsoviética que se hacen pasar por vagabundos para sentir algo.

Estar al margen de la sociedad también implica que no tengo ninguna manera, en esta ocasión concreta, de volver a casa. Es una noche fría de marzo y quedan muchas horas por delante. De pronto el panorama me parece siniestro, desolador. Caras decrépitas e inexpresivas, una masa de piernas y torsos sacudiéndose robóticamente al ritmo de un bombo infernal. Pocos metros más allá, la oscuridad absoluta. Sensación de haber viajado a un futuro zombi donde no queda rastro de calidez humana. Pasea por ahí un conocido que al día siguiente entrará en prisión y se encuentra en pleno brote psicótico. Enloquecido, me intenta convencer de que el compás de la música sigue un patrón determinado que nos envía una señal que solo podremos descifrar si seguimos las pistas desperdigadas por la fiesta. La noche se alarga como un túnel sin fin. Siento cómo se extiende dentro mí el pánico denso, invasivo, de no tener escapatoria.

Me rescata Alma. La he conocido hace poco en clase de Matemáticas, en el instituto donde las dos acabamos de empezar el bachillerato. Alta y cálida, de piel muy blanca y unos ojos desgarrados que siempre parecen reír. Flota en un plano de comprensión superior al mío, como si se hubiera saltado varias etapas y hubiera llegado directamente a la conclusión de que lo único que importa es saber vivir los días de forma placentera y satisfactoria. Nunca sé de dónde viene Alma exactamente, podría ser francesa o surasiática o brasileña, su apellido tiene reminiscencias polacas. Tampoco se lo pregunto; no me importa no identificar su castellano dulce y discordante. Alma me encuentra en medio del gentío, escuchando las teorías del hombre enloquecido y al borde de la desesperación. Me coge de la mano y me conduce suavemente hacia su tienda de campaña.

—Descansa un rato aquí, y cuando te encuentres mejor te acompaño a Barcelona.

Paso poco rato en la tienda. La presencia de Alma y la apertura de una rendija por donde escapar han apaciguado mis angustias. Vuelvo con energía a la pista de baile. Más tarde me la encuentro delante del bafle, la abrazo con un agradecimiento infinito y multiplicado por las sustancias que me recorren, le digo que gracias a ella he podido salir del agujero. Parece que hable del mal viaje de M pero también me refiero a algo más profundo, que en ese momento de euforia siento que se ha curado para siempre. No le sorprende nada de lo que le cuento.

—Ya lo sabía. Solo necesitabas sentirte segura.

Al terminar el instituto le perderé la pista. Ella vivirá en el extranjero y viajará en furgoneta por Europa y llevará la vida que ya de adolescente había entendido que le correspondía. Veré de vez en cuando las fotos que compartirá en Facebook. Una noche nos encontraremos en el Apolo y acabaré durmiendo en su casa. Desayunaremos pasta recalentada de madrugada, rememorando anécdotas del instituto.

Tenía veinticuatro años en el momento del accidente. Estaba en Brasil de vacaciones con su pareja y dos amigos más y chocaron frontalmente contra un camión. Se organizó un encuentro de amigos y conocidos para gestionar conjuntamente el shock mientras se tramitaba la repatriación del cuerpo. Cada uno dijo unas palabras de recuerdo, y cuando llegó mi turno lo primero que me vino a la cabeza fue la vez que me encontró perdida y arrinconada en una rave sórdida en Castellar del Vallès, y solo cogiéndome la mano consiguió convencerme de que estaba a salvo de mí misma.

* * *

El día que cumplo dieciocho años, poco antes de revelar las circunstancias en que se conocieron, mi madre y Juan me regalan una caja. Pesa mucho. Contiene decenas de libros, cada uno envuelto con un papel diferente. Los han ido comprando a lo largo de meses y tienen que ser el núcleo de mi conocimiento vital. El paquete incluye novelas rusas, alemanas, francesas, italianas; testigos del Holocausto y el gulag; *El origen de las especies* de Darwin. Están las memorias de Joachim Fest y los relatos de Borges y de Thomas Bernhard, ensayos de Camille Paglia y una edición ilustrada de *Peter Pan*.

Hay una cierta mitología respecto al poder de los libros. Hace muchos años, en Cuba, evitaron que Juan se brutalizase, primero por la miseria y después por el gris criminal del régimen. De pequeño leía agazapado bajo la mesa, en la casa del barrio paupérrimo donde creció en la Habana; de joven, cuando se le aplicó la Ley contra la Vagancia y lo enviaron a hacer trabajos forzados a las plantaciones de plátanos, leía por las noches escondido en la litera. <u>Los libros eran una puerta para huir, un espacio de libertad que te blindaba contra la mediocridad del entorno</u>. Ofrecían una medida del alcance de la imaginación. Escribir, por otra parte, era la versión más concreta y accesible de la venganza. Tenía que hacerse de manera implacable y sin temer represalias, haciéndose responsable hasta las últimas consecuencias de lo publicado. El compromiso con la obra era el motivo último de la existencia y pasaba por encima de la familia, la aceptación y aprecio de los contemporáneos, incluso del amor o la amistad.

Como adolescente de un suburbio acomodado del Vallès no tengo mucho de lo que vengarme. Vivo en una abundancia plácida, incompatible con la épica de la creación literaria. Por esto reniego de la abundancia e idealizo lo que sería una vida de privaciones y obstáculos, del tipo que imprimen carácter y son la materia prima de unas memorias interesantes. Sé que incluso en el primer mundo la sociedad es imperfecta y que el mundo en general es criminalmente injusto y me aferro un poco a este conocimiento. Esto me lleva a interesarme por los llamados movimientos sociales. En los movimientos sociales conozco a gente que de entrada parece como yo, despierta y sensible a las injusticias que los adultos abducidos por el sistema han decidido ignorar. Pero incluso los llamados activistas parecen compartir una misma nostalgia que no acaban de articular, la añoranza de unos tiempos más épicos y salvajes, más de vida o muerte, donde la división entre valientes y conformistas estaba más clara. La nostalgia les lleva a venerar luchas lejanas, a intentar convencerse unos a otros de que forman parte de la misma batalla histórica por las fuerzas del bien. Poco a poco han edificado un panteón de símbolos intocables: alinean la kufiya palestina con la bandera de la Unión Soviética, el chándal Adidas de Castro y la efigie del Che.

Paralelamente, en casa, la mitología se extiende por todos los rincones. Emana de las montañas anárquicas de libros, de los cuadros semipornográficos que saturan las paredes. Está presente en todo tipo de objetos y fotografías remotos, muchos trasplantados de Cuba, presididos por una máquina de escribir destartalada que en algún momento perteneció al escritor Reinaldo Arenas.

Arenas ocupa un espacio central en la mitología doméstica. Nadie como él representa la literatura como corrección de una realidad vulgar, de la imaginación como escudo contra el autoritarismo y la creación como venganza póstuma. A menudo lo utilizo como baremo para medir el paso por la vida. Arenas era hijo de guajiros iletrados de un pueblo de mala muerte en el Oriente de la isla; su padre los abandonó cuando él era un recién nacido. De niño escribía poemas en la corteza de los árboles de Holguín y a los catorce años se unió a los rebeldes de la Sierra Maestra, seguramente más atraído por la presencia de guerrilleros testosterónicos que por fervor revolucionario. Pronto se desencantó del régimen marxista-leninista que instauró Fidel Castro después de deshacerse de sus generales más carismáticos.

Bajo el régimen, Arenas se convirtió en una no-persona. Las persecuciones y huidas constantes lo equiparan al protagonista de *El mundo alucinante*, una novela que escribió a los veintitrés años, sin haber salido nunca de la isla. La novela está basada en las peripecias de un fraile mexicano que se rebeló contra la Inquisición española, una huida permanente que le lleva por las cárceles de medio mundo. En una escena, el fraile es enterrado bajo kilos y kilos de cadenas que llegan hasta el techo y aún así la cárcel sigue siendo imperfecta, mezquina e inútil, «porque el pensamiento del fraile era libre. Y, saltando las cadenas, salía, breve y sin traba, fuera de las paredes, y no dejaba ni un momento de maquinar escapes y de planear venganzas y liberaciones».

El año 1980 miles de manifestantes asaltaron la embajada del Perú en La Habana. Castro abrió el puerto del Mariel para dejar marchar a la escoria contrarrevolucionaria, entre la que se encontraban Reinaldo y Juan, y de paso un puñado de presos comunes y enfermos mentales extraídos directamente de los sanatorios. Emigraron unos 125.800 cubanos, entre disidentes, delincuentes y enfermos, transportados a Miami por barcos privados sufragados por familiares en el exilio.

En el momento de emigrar, Arenas tenía treinta y muchos y había sido perseguido por homosexual y por perverso ideológico la mayor parte de su adultez. Se suicidó diez años más tarde, enfermo de sida en su apartamento de Hell's Kitchen de Nueva York.

Cuando Juan se mudó a casa trajo consigo la máquina de escribir de Arenas, que desde entonces presidiría la sala de estar.

* * *

Conozco a Èric en un polígono industrial en las afueras de Cornellà. Al principio me parece demasiado desfasado, hiperbólico; difícil tomárselo en serio. Es un macarra chupado de película de los ochenta, con cresta rubia de un palmo y una sonrisa que te hace temer que acabe de arrancarte las bragas y no te hayas dado cuenta. Salta dentro y fuera del pogo como una gacela hiperactiva, se pelea con gente aleatoria, insulta las paredes a gritos. En el polígono hay conciertos punk para recaudar dinero para alguna causa social y solidaria o para cubrir la fianza de algún represaliado.

Cuando está a punto de amanecer estamos juntos en su coche, un Seat destartalado que ha aparcado cerca del polígono. En la distancia corta suaviza las formas, se vuelve meloso y vulnerable. Quiere acercarme a Barcelona pero antes tiene que ir a su pueblo a pasear a la perra. Esto me enternece y accedo a acompañarle. Tampoco tengo muy claro cómo negarme, no se me han presentado muchas ocasiones similares donde poner a prueba la asertividad. En general no hablo mucho, me adhiero al rol de persona misteriosa, objeto de deseo de pensamientos impenetrables; en realidad es más una cuestión de inseguridad y complejos, temo revelar algún tipo de flacidez interior que me delate como turista en su mundo.

El coche huele a humo enfriado, perro mojado, sedimentos de cerveza vertida de camino a innumerables conciertos y afters. Flota el olor químico del speed, que vale veinte euros el gramo y es efectivamente la cocaína de los tirados. De hecho da la sensación de que nos encontramos dentro el after mismo, una cápsula prodigiosa que sobrevuela la AP-7 de madrugada. Escuchamos a un punk atronador, Èric fuma un cigarrillo tras otro mientras maniobra levemente el volante con la punta del índice.

El pueblo se encuentra en uno de estos rincones aislados del Vallès donde no llegan las vías del tren y solo se puede acceder en coche o en unos autobuses tétricos de horario incierto. Atravesamos descampados y polígonos y sucesiones infinitas de rotondas hasta que frena bruscamente delante de una fábrica. Se dirige con dos zancadas al maletero y extrae un bote de grafiti rojo. Salta la valla y escribe bien grande en la pared del edificio

HIJO DE PUTA

Vuelve satisfecho al coche y pone en marcha el motor, ofreciendo una explicación mínima y una sonrisa triunfal.

Paseamos a su perra al amanecer por un camino que se aleja del pueblo. Hace un frío virulento de extrarradio y seguimos sin hablar mucho. No tenemos mucho que decir, ningún punto de contacto entre nuestros mundos que dé pie a una conversación genuina. Pero la compañía es agradable, sin público se ha convertido en un hijo responsable, preocupado por los ataques de reúma de la madre y por hacer que la perra corra y esté sana y bien alimentada. No llega a los veinticinco años, a mis ojos ya es un adulto hecho y derecho. Después me llevará a casa, en Barcelona, tal y como había prometido, y será mi novio durante un poco más de un año.

No sabrá nada de la caja de libros ni de la máquina de escribir. A su lado, hablar de este tipo de veleidades me avergüenza. Dormimos siempre en su casa, en el pueblo espantoso del Vallès donde convive con la madre. De vez en cuando aparece el padre, que conduce camiones por Europa y cuando tiene un descanso solo tiene ánimo para sentarse ante la tele con gesto desolado. Raramente da señales de vida o se comunica con los demás habitantes de la casa.

En aquella casa no hay libros ni cuadros ni mitologías y siempre hay una corriente de aire gélido que se te instala dentro, inmune al radiador renqueante y a la pila de mantas polvorientas esparcidas por las habitaciones. Tampoco existen conversaciones ni aspiraciones que vayan más allá del ir tirando y el cálculo angustiado de recursos, que se acentúa a medida que se acerca el fin de mes.

Las tardes se matan en el bar del pueblo, en un lamento permanente por el paro y la inutilidad de todo el mundo que no esté presente en ese momento. Cotilleo local y anécdotas relacionadas con el consumo de drogas. Dicen que el pueblo es el centro neurálgico del tráfico del Vallès, que de cada tres portales uno corresponde a un narcopiso. Algún día oiré a gente refiriéndose a este pueblo como lugar de segundas residencias de aspirante a burgués, pero para mí será siempre inseparable del amigo de Èric que nos dejaba a cargo de su hijo de cuatro años para encerrarse unos minutos al lavabo a fumar crack.

Durante todo este año apenas abro la boca y principalmente me siento en el bar escuchando las conversaciones, que tienen lugar como en un idioma desconocido. Me doy cuenta poco a poco de que la brecha que me separa de Èric tiene que ver sobre todo con la caja de libros y su mitología y que es quizá la marca de clase más insidiosa. La caja me ha insuflado la rara idea de que la vida en general, y mi vida en particular, tiene un propósito definido e importante, y que tiene que ver con dejar alguna huella, con ser alguien.

El día que corto con Èric me muestra un tatuaje que se acaba de hacer en el pecho, un Jesucristo crucificado con unas nubes de fondo que parecen pintados por una mano infantil. Da un puñetazo en la pared, junto a la puerta de la facultad de Periodismo a la cual acabo de acceder. La pared es de hormigón y aquella misma tarde veré una foto de sus dedos vendados en Facebook, justo después de una foto desenfocada del tatuaje que no tiene ni un solo like.

* * *

El director adjunto del periódico llega el último a la redacción. De camino a su cabina de director adjunto de delegación territorial pasa por el lado de una becaria nueva —asume que es una becaria, parece que entren decenas cada día y son indistinguibles las unas de las otras, tímidas e impresionables y con idénticas carnes firmes y apetitosas— y ralentiza brevemente el paso para repasarla de arriba abajo y gruñe a nadie en concreto:

—Y este pedazo de carne, ¿es nuevo?

Satisfecho, sigue el camino hacia la cabina. El periódico se encuentra en medio de un ERE brutal donde se juega el trabajo buena parte de la plantilla. Los becarios y becarias que llegan con la mochila llena de ilusiones dispuestos a hacer el trabajo gratis son parte del problema. Salen de la facultad dóciles y amedrentados, derrotados de entrada por una sucesión de profesores resentidos que les repiten una y otra vez que han llegado tarde y que la profesión está muerta. La mayoría de los profesores en las facultades de periodismo odian en el fondo a sus estudiantes, la chispa de ambición que perciben en ellos; temen que los superen en talento y originalidad, que demuestren que la mediocridad de sus trayectorias laborales era en el fondo evitable. Torturan a sus estudiantes con tediosos ejercicios de estilo y análisis de artículos irrelevantes de la prensa escrita y otras ocupaciones inútiles que les drenan hasta la última gota de ilusión. Para rematarlos, les obligan a leer sus libros como parte troncal del currículum; libros técnicos y áridos donde han conseguido que el oficio quede efectivamente reducido a disciplina académica, seca y sin futuro.

Es difícil estudiar periodismo y respetarse a uno mismo. Cuanto más se adentra alguien en la carrera de periodismo más transparente se vuelve el hecho de que la carrera no tendría que existir, y que su única utilidad es la de enchufar estudiantes a los medios donde trabajarán sin cobrar, devaluando su trabajo y de paso el de los empleados remunerados de la empresa. Hay gente rápida y perceptiva que se da cuenta a tiempo de la estafa y vislumbra con clarividencia un futuro de precariedad y autoodio, y abandona antes de que sea demasiado tarde. Pero la mayoría caen presa de la lógica retorcida de la carrera, que tiene unos efectos especialmente criminales sobre los vanidosos con capacidad para la expresión escrita. «Todos estos tarados quizá acaben pudriéndose en gabinetes de prensa institucionales» se dice el vanidoso a sí mismo, «pero no será mi caso», y ya se imagina recogiendo premios y viendo su nombre emergiendo múltiples veces de las entrañas de una rotativa, como ocurre en las películas el día de la publicación de una primicia del tipo que puede llegar a tumbar un gobierno, y estas dulces promesas de la imaginación lo empujan a soportar otro día de clases asesinas del espíritu.

Después de cuatro años el estudiante sale de la facultad sin ningún conocimiento concreto. Ninguna habilidad particular lo convierte en candidato idóneo para el trabajo al que aspira. Solo necesita unos minutos en la redacción para darse cuenta de la magnitud del fraude. Las aptitudes que lo ayudarían a prosperar en el entorno laboral son las que suelen calificarse de innatas: la curiosidad, el ingenio, la resiliencia, y sobre todo la capacidad de tolerar egos frágiles en vistas a un beneficio a largo plazo.

Hemos entrado diez becarios de golpe. El primer día se nos dice que tenemos que proponer temas, ser proactivos para ganarnos el derecho a la firma. Después hemos pasado a ser invisibles. Los redactores parecen todos angustiados por el ERE inminente, se empequeñecen ante la pantalla como si quisieran ser absorbidos en su interior. Los becarios fumamos en la puerta, nos encontramos furtivamente en la cafetería de la esquina, giramos sobre el eje de la silla mientras repasamos los titulares de la prensa local.

Me doy cuenta en seguida de que no dispongo de la ambición ni la resiliencia necesarias para prosperar en el ecosistema de la redacción. Empiezo una historia con un becario que alquila un piso minúsculo en el Raval, y convierto esta historia en el foco de mi periodo de entrenamiento periodístico, iniciando una manera de hacer las cosas que repetiré a lo largo de la veintena.

*   *   *

Poco después de volver de Nueva York, pasamos un día cerca de casa de la iaia. La casa y el arenal y las dunas de césped han desaparecido; en su lugar hay un descampado rodeado de andamios. La visión del descampado me golpea el estómago. Es como si alguien hubiera arrancado y destruido la página de aquellos años de historia familiar. Hasta entonces habíamos podido volver de vez en cuando, revisar el sótano y el desván en busca de documentos perdidos, y sentir que el pasado era un lugar concreto. Ahora las cosas han quedado congeladas en la memoria, donde se irán deteriorando poco a poco hasta desaparecer para siempre. Todo eso parece importante y decisivo pero tampoco sabría decir por qué. Le pregunto a mi madre, que conduce con aire ausente, si no le da pena haber perdido la casa donde pasó su infancia. «En absoluto» responde con ligereza, «más bien al contrario».

Las visitas a la iaia son cada vez más deprimentes. La han trasladado al piso de las demencias seniles. Hay una señora que anda arriba y abajo del pasillo y cada vez que me ve me coge el brazo con violencia, abriendo los ojos como si hubiera visto a un muerto resucitado. Pero la mayoría de los internos se sientan totalmente inmóviles en una sala de butacas del fondo, un purgatorio amenizado por un televisor que no mira nadie. La atmósfera es distópica, de día que se repite infinitamente.

Una forma de protegerse de la decadencia es mirar las cosas desde fuera. Es lo que hago a menudo cuando me encuentro en medio de un bache. En el momento de más caos e intensidad emocional una parte de mí se desdobla y, desde un lugar elevado y protegido, lo comenta curiosa: «Ah, mira, ahora nos está pasando esto». Esta es la parte de mí que cuenta, me imagino que dice Juan mientras prepara arroz con bacalao en la cocina abierta de la casa familiar. Hay un pinot gris descorchado, quesos y embutido del bueno en la mesa, una polca argentina de fondo. La parte que importa es la que lo escribirá; la otra es transitoria, irrelevante, simple materia prima.

La caja de libros me ha garantizado esta protección ante la vida, de igual forma que ser la hija pequeña ha hecho que nunca me ponga enferma. Cuando llegué yo, la preocupación materna ante las bacterias se había relajado notablemente; las cosas iban del suelo a mi boca con intervención mínima, entrenando y fortaleciendo mi sistema inmunológico. Pasan los años desde aquella fiebre griega y el cuerpo sigue sin sucumbir. El único frente abierto a la intemperie son los dientes. Por este agujero se han infiltrado caries, ortodoncias, y por último, después de haber aguantado la fiebre griega y la travesía transatlántica y el escrutinio del dentista más sádico de Nueva York, una infección en la muela cuarenta y siete.

El dentista dio unos golpecitos en el diente podrido y sentenció: «Hay que matar el nervio». El nervio estaba colonizado por unas bacterias que hay que imaginar como los

escarabajos que roen la tierra de los jardines en los subur-
bios. Antes de matar el nervio teníamos que neutralizarlos.
4-6 días de amoxicilina, ibuprofeno y nolotil. El nolotil lo
añadí yo a la lista el día siguiente de la visita al dentista,
después de una búsqueda rápida y desesperada en Google.
Me lo proporcionó, sin receta, la farmacéutica cubana de la
esquina de abajo, conmovida por mi irrupción en pijama y
ojos inyectados de sangre en el lugar donde normalmente
compraba condones y colutorio.

Cuando el nolotil 0,4 g/ml en botella me hace efecto y
el dolor empieza a desvanecerse, accedo a un estado raro
de esperanza y alineación con el universo. Es una calma
eufórica, similar a la sensación de coger el teléfono y oír la
voz del hombre al que amas dándole tu dirección a un taxista. Por un momento no existe ningún otro lugar, se des-
vanecen todos los países y ciudades; volverán los males y las
complicaciones, pero por ahora son tan solo una abstracción. El instante es absoluto y poderoso, infinito y cálido
como la noche, y me adentro en él atravesando la ciudad
hasta mojar los pies en la playa de la Barceloneta con la
certeza de que por fin he llegado a casa.